KB157338

내 마음이 지옥일 때

내 마음이 지옥일 때

아득한 세상을 지나는 이에게
심리기획자 이명수가 전하는 탈출 지도

지은이 이명수 | 영감자 정혜신

해냄

일러두기

이 책에 실린 시는 직접 저작권자에게 동의를 구하거나, 한국문예학술저작권협회와 출판권을 보유한 출판사를 통해 저작권자의 동의를 얻어 수록했습니다.

프롤로그

알기만 해도

나는 가진 게 많다. 거의 모든 것을 가졌다고 할 만큼 결핍감이 없다. 콤플렉스도 없고 상처로 인한 뒤틀림도 없다. '난 참 바보처럼 살았군요' 따위의 빼저린 회한도 없다. 여한도 없다. '이게 뭥미?'라고 생각할 수도 있지만, 잠깐만. 그렇게 된 결정적 이유가 있다. 나 스스로 괜찮은 사람이란 생각을 비교적 자주 할 수 있다는 것이다.

물론 나 혼자 힘은 아니다. 이 세상에 심리적 금수저는 없다. (혹시 있다면) 심리적 금수저는 타고나는 게 아니라 후천적으로 만들어진다. 내가 괜찮은 사람이라고 스스로 세뇌된 건 세월에 더해 연인이자 도반인 치유자 정혜신 덕이다. 나무둥치에 꽂힌 빨대로 수액을 얻듯 심리적 영양분을 공급받았다. '인정'이라는 수액을 끊임없이 공급받았고 몸을 뒤집기만 해도 집안의 경사였던 아기 때처럼 무엇을 해도 '칭찬'받았다.

인정과 칭찬은 밑 빠진 독에 물 붓기 같다. 아무리 부어줘도 계속 배가 고프다. 어린아이 때만 그런 게 아니라 성인이 돼서도 똑같다. 더 많이 필요한데 공급은 외려 줄어든다. 그러니 어지간해서는 채워지지 않는다. 내 경험상 예순이 다 된 나이에도 여전하다. 더 젊은 성인 시절에는 말할 것도 없다. 드디어 수십 년간 빨대 꽂고 공급받다 보니 채워졌다. 안다. 나는 복 받은 특별한 경우에 해당한다는 것을.

그간의 공부와 현장치유 경험에 의하면, 사람들 마음속은 대체로 지옥이다. 겉으론 멀쩡해 보일지 몰라도 최소한 아수라다. 문장완성 심리검사라는 게 있다. 예를 들어 '우리 아버지는 ____이다' 라면 뒷부분 빈칸에 주관식으로 문장을 채워 넣는 식이다. 박사과정에 있는 어떤 이가 '내가 행복하려면 ____' 문장의 뒷부분을 이렇게 채워 넣었다.

'내가 행복하려면 (다시 태어나야 한다).'

몽당연필로 눌러 쓴 듯한 괄호 안 문장이 오래도록 잊히지 않는다. 이제 겨우 30대 초반에 좋은 학벌, 윤택한 집안, 빼어난 외모를 가진 이와는 어울리지 않는 답이란 느낌 때문이다. 적어도 외형상으론 유추 가능하지 않은 답이다. 어떻게 그런 이가 자신은 다시 태어나야만 행복할 수 있는 존재라고 믿게 됐을까. '내가 무슨 노력을 하면 된다'거나 '누구와 함께 있으면 되겠다'가 아니라, '다시 태어나야 행복할 수 있겠다'는 그 마음 상태가 지옥이 아니면 무엇이 지옥이랴.

재난의 현장이 아닌 일상에서 '지금 내 마음이 지옥'인 사람들을 숱하게 만났다. 예외인 사람들을 꼽는 게 더 빠를지도 모르겠다. 인간관계에서 겪은 트라우마로 몇 년째 고통받고 있는 후배가 있다. 그 후배에게 간간이 카톡에 점 하나 찍어 보내는 것으로라도 생존 안부를 전하라고 했다. 얼마 전 만났을 때, 그 후배는 아직도 아침마다 눈을 뜨면 죽어버리고 싶다는 충동이 덮쳐온다며 그게 무섭다고 했다. 그 얘기를 듣다가 내가 말해줬다. "너 이제 안 죽어. 위험한 시기는 지난 거 같아. 왜 그러냐면……" 눈 맞추고 내 말을 듣던 후배가 눈물이 그렁해서 말했다. "고마워요, 형. 진짜 무서웠거든요."

문득 카페 창밖을 바라보다가 저기 가는 사람들 모두가 크든 작든 지금 내 앞의 후배처럼 마음속에 지옥 하나씩 가지고 있겠구나 생각했다. 어쩌면 그게 논리적으로도 직감적으로도 타당한 추론일 것이다.

시리아나 아우슈비츠처럼 객관적 지옥도 있지만 우리 마음속에는 수많은 주관적 지옥들이 있다. 고통의 시한이 정해져 있으니 차라리 사형수가 더 낫겠다는 무기수의 은밀한 한탄도 그의 입장에선 옳다. 드라이아이스처럼 시간이 지나면 휘발될 고통도 현재의 내게는 피부를 태우는 듯한 화상이다.

사람들과 어울려 관계를 맺고 사는 한 크고 작은 지옥을 경험할 수밖에 없다. 누가 내 뒤통수를 쳤을 때. 나만 따돌림 당했다고 느낄 때. 누군가가 죽이고 싶도록 미워질 때. 오장육부라도 꺼내 보이고 싶을 만큼 억울할 때. 그런 순간들은 어김없이 지옥이다. 문제는 그 지옥에서 어떻게 빠져 나오고 어떻게 지옥의 고통을 줄이느냐 하는 것이다.

방법이 있다. '여기가 어딘지, 내가 왜 여기 있게 됐는지 알려주는' 지도 한 장만 있으면 된다. 그러면 안개가 걷히고 혼돈이 줄어든다. 상황이 달라지지 않아도 시야만 확보되면 헤쳐나갈 힘이 생긴다. 간단해 보이지만 트라우마에 시달리는 이에게도 통용될 만한 치유의 원리다. 일상의 지옥을 헤쳐나갈 때는 더 강력한 팁이 된다. 여기가 어딘지, 내가 왜 여기 있게 됐는지, 그걸 알기만 해도 그렇다. 경험상, 시(詩)는 그런 지도를 만드는 데, 가장 적합한 도구다. 시를 통해 그런 치유적 메시지를 전하고 싶었다.

왜 하필 詩일까

내가 우리나라에서 시를 가장 많이 읽는 사람이라고 자신할 순 없지만 '가장'이란 단어를 뺀다면 시를 많이 읽는 사람 축에 속할 것은 틀림없다. 원로평론가 김윤식 선생처럼 월평을 쓸 일도 없는데 부지런히 읽는다. 시 읽는 일이 좋아서다. 행복해서다. 수만 편을 읽었고 특별히 끌리는 수천 편의 시들은 언제든 뽑아 읽을 수 있도록 보관하고 있다. 40여 년 전 고등학교 문예반 시절부터 생긴 습관이니 역사가 오래됐다.

중년 이후 심리치유 관련 일을 하면서부터는 시를 치유적 관점에서 다시 보기 시작했다. 시를 통해 상처를 치유하는 일에 관심을 갖게 됐고 여러 의미 있는 시도를 했다. 시가 뿜어내는 치유적 공기에 매료됐다. 시인의 의도와 상관없이 내가 느끼는 대로 시를 읽는 일이 더 흥미로워졌다. 시인을 지고지순하거나 완전무결한 존재로 생각하지 않는다. 그럴 나이도 아니다. 시인은 불완전할 수 있지만 내게 시는 언제나 옳다.

권력에 부역하는 시들조차 그렇다는 거냐고 흘겨 묻는 것을 잠시만 보류해 준다면, 눈물 흘리고 상처받은 이들에게 시는 묻지도 따지지도 않고 무조건 옳다. 경험칙에서 비롯한 일종의 詩 임상실험 결과다.

어떤 노래를 작곡자의 의도와 상관없이 필요한 순간에 내가 원하는 방식으로 받아들이듯 시를 흡수하는 방식 또한 전적으로 읽는 이의 몫이라고 생각한다. 내가 느낀 대로 읽다가 시인들에게 흉잡히고 무시당할까 봐 두려워할 필요도 없다. 시인은 입시 현장에서 시를 가르치며 외우게 하고 정답을 강요하는 선생님이 아니다. 시를 읽는 이들을 누구든 응원하고 다독여주는 존재가 시인이다. 상처 입은 영혼들에겐 특히나 관대한 존재가 시인이다. 시인 또한 그런 존재여서 그렇다.

세월호 참사 후 별이 된 아이들의 생일모임을 안산에 있는 '치유공간 이웃'에서 해왔다. 한 달여의 준비 기간을 거쳐 아이의 부모형제, 친구, 선생님, 아이와 인연이 있었던 사람들이 한자리에 모여 아이를 추억하는 자리다. 주인공 없는 생일모임이다.

그 순서의 맨 마지막에 참석자들이 입을 모아 읽는 생일시 낭독이 있다. 그 자리에 모인 사람들에게 별이 된 아이가 자신의 육성으로 그간의 안부를 전하는 시다. 지금 지상에 없는, 별이 된 아이의 육성을 전해야 하는 시인의 미칠 듯한 고통을 옆에서 생생하게 목도했다. 그럼에도 당대의 시인 60여 명이 기꺼이 아이의 목소리가 되어주었다. 그렇게 나온 생일시집이 '단원고 아이들의 시선으로 쓰인 육성 생일시 모음'『엄마. 나야.』다.

시인들은 자신의 또다른 자식처럼 동생처럼 조카처럼 아이를 품었고 아이들의 육성을 영매처럼 대신 들려주었다. 그런 3년여의 경험을 통해서 나는 시가 얼마나 위대한 치유의 도구인지 시인이 얼마나 치유적 존재인지 다시, 확실하게 실감했다. 시가 더 좋아졌고 시인은 더 친근해졌다.

그런 믿음과 애정에 기대어 자주 읽는 수천 편의 시중 82편을 골랐다. 임의대로 분류했고 내 느낌대로 해석했다. 필요할 때 자기 느낌대로 읽다 보면 시가 목숨의 동아줄이 되고 잠자리가 편한 베개가 되는 신세계를 경험하게 될 것이다.

시는 그 자체로 부작용 없는 치유제다. 시가 그런 치유제인 까닭을 나는 숨도 쉬지 않고 반 페이지쯤 읊어댈 수 있다. 예를 들어 누군가는 인류를 구원할 세 가지 중 하나로 시를 꼽았다(나머지는 도서관, 자전거). 끄덕끄덕.

프랑스 초등학교에서는 아이들에게 제일 처음 가르치는 것이 '시'라는 말을 듣고 부러워서 몸이 다 간질간질했다. 하버드 대학에 시 낭독 녹음자료를 듣는 방(Poetry Room)이 따로 있다는 말을 듣고 처음으로 그 학교가 좋은 학교일 수도 있겠구나 생각했다. 그런 방이 없다면 취소다.

'몸으로 시를 실천하는 사람들'이란 표현을 보면서는 알지도 못하는 그 실천자들이 무턱대고 존경스러워졌다. 한 평론가는 산문으로 옮길 수 없어야 진짜 시라고 했다. 브라보. 한 원로시인은 좋은 시의 기준을 '잘 외워지는 시'라고 했다. 땡긴다. 아름다움을 더욱 아름답게 하는 아름다움도 아름다움이지만, 아름다움이 무엇인가를 생각하게 하는 아름다움도 아름다움이란다. 시의 미적 가치가 이렇다는데 시를 사랑하지 않을 도리가 있나. 한 시인은 사람이 살다가 누구에겐가 정말 하고 싶은 말이, 몇 사람이라도 꼭 들어줬으면 하는 말이 '시'라고 했다. 귀 기울일 수밖에.

가진 자와 강자의 손을 들어주는 것이 '역사'라면 못 가진 자와 약자의 손을 들어주는 것이 '문학'이라고 했다. 시인은 그 말끝에 자신의 시가 소외된 사람에게 뜨끈한 밥 한 공기 되진 못해도 그들을 기억하는 눈물 한 방울은 될 수 있으리라 믿는다고 했다. 함께 그렇게 믿씁니다.

그런 공감과 통찰과 눈물과 아름다움이 있는 치유제가 세상에 또 있을 리 없다. 마음 지옥에서 고통받는 이들을 위해 그런 치유제를 양껏 담았다.

물 끓는 냄비에 수제비 떠 넣듯 시를 골랐다. 종내엔 찰지고 따뜻한 수제비 한 그릇이 되기를 바라면서. 누군가는 시의 수제비 한 그릇으로 허기를 면하고, (또 누군가는) 그 한 그릇으로 정서적 기아상태에 있는 또다른 사람의 목숨을 구했으면 싶다. 시와 치유가 얼마나 찰떡궁합인지 실감하는 계기를 만들고 싶었다. 사람들이, 마음이 지옥인 거대한 난파선에서 시의 구명보트를 타고 탈출하는 광경은 상상만으로도 장엄하고 설렌다.

위대하다, 시여! 시인들이여, 만세! 그대들은 존재 자체로 치유자들이다. 세상의 시인들에게 살가운 인사를 전한다. 고맙습니다.

2017년 2월

이명수

차례

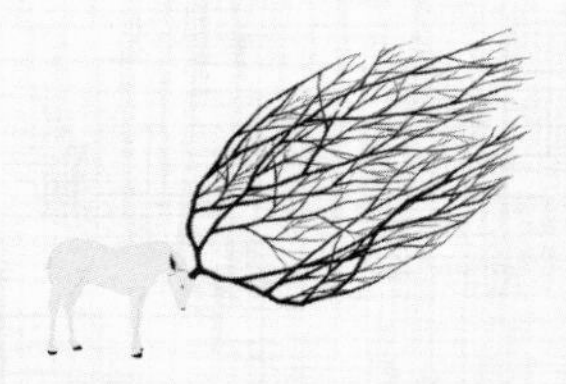

4. 나는 원래 스스로 걸었던 사람이다

5. 자기 속도로 가는 모든 것은 옳다

6. 생각이 바뀌었다

7. 자꾸 무릎 꿇게 될 때

8. 낭떠러지 같은 이별 앞에서

9. 모두 내 마음 같길 바라면 뒤통수 맞는다

10. 억울함이 존재를 상하게 할 때

11. 상상 속에서는 어떤 증오도 무죄

12. 나만 그런 게 아니구나

1

징징거려도 괜찮다

"이 세상에 사연 있는 사람이 너 하나뿐이냐. 징징대지 마!" 이 메시지를 주기 위해 만든 영화라는 감독의 말을 듣다가 흠칫했다. 더 젊은 시절엔 내 생각과 똑같다며 박수쳤는데 이젠 그러지를 못하겠다. 외려 그 말들이 폭력적으로 느껴지기까지 한다. 그동안 내가 '징징'이라고 규정했던 것들은 내 나름의 기준일 뿐이었다. 자의적이다. 상대방 입장에서 개별적 사연을 고려하지 않은 그런 말들은 여지없이 가혹했을 것이다.

홍상수 영화에 등장하는 이른바 찌질남들을 가오 떨어진다며 얕잡아 보는 사내들 많이 봤다. 예전엔 나도 그랬을 것이다. 징징거리는 건 어른스럽지 못한 거, 못난 짓, 계집애 같은 짓, 미숙한 거, 심지어 나쁜 거라는 선입견의 뿌리는 오래고 질기다. 틀렸다.

징징거린다는 건 자기의 약함이나 감정의 표출이다. 여기 너무 아파. 힘들어. 슬퍼. 속상해. 그걸 입밖으로 내는 게 무슨 문제인가. 각자의 사연이 있으면 그만큼 토로하면 된다. 징징거리는 소리가 많다고 그거 때문에 세상이 시끄러워지지도, 칙칙해지지도 않는다. 사람들마다 제각각 똥누는 소리가 시끄럽다고 내 똥을 참을 수는 없다.

심한 몸살을 앓을 때 신음소리라도 내지 못하면 더 아프다. 성한 사람 눈에는 끙끙 신음소리가 우습거나 징징 엄살로 보일 수도 있지만 소리를 내면 확실히 덜 아프다. 감기몸살로 사람이 죽지는 않지만 신열에 들떠 혼몽한 상태로 있다 보면 죽을 것처럼 괴롭다. 아프다. 덜 아프게 하는 방법이 있는데 괜히 참을 이유가 있나. 없다.

감정토로는 고름을 빼내는 과정

내 마음이 지옥일 만큼 상처를 입었을 때 그 상처는 고름과 같다. 감정토로는 고름을 빼내는 과정이다. 그래서 토로만 해도 감정의 압이 떨어진다. 고름이 오래된다고 살이 되지 않는다. 고름을 빼내야 정상적인 세포가 복원되기 시작한다. 징징거림은 남들 보기엔 엄살이지만 내게는 압력이 꽉 찬 압력밥솥의 압력추를 젖히는 일이다. 그래야 밥도 제대로 되고 폭발하지도 않는다.

남의 징징거림을 견디는 일은 솔직히 피곤하다. 하지만 그게 누군가 감정의 압력을 빼내는 과정이라 생각하면 견딜 만하다. 심한 몸살감기에 시달리는 사람의 신음 같은 거라 생각하면 찬 물수건을 대주고 싶어질 수도 있다. 그러면 내가 징징거릴 때 누군가도 나를 타박하지 않고 받아준다. 윈윈의 법칙이란 그런 것이다. 징징거릴 수 있으면 결정적 지옥은 늘 대기상태로만 있다.

01

괜히 견디지 마세요

「**꿈꾸는 당신**」 마종기

내가 채워주지 못한 것을
당신은 어디서 구해 빈 터를 채우는가.
내가 덮어주지 못한 곳을
당신은 어떻게 탄탄히 메워
떨리는 오한을 이겨내는가.

헤매며 한정없이 찾고 있는 것이
얼마나 멀고 험난한 곳에 있기에
당신은 돌아눕고 돌아눕고 하는가.
어느 날쯤 불안한 당신 속에 들어가
늪 깊이 숨은 것을 찾아주고 싶다.

밤새 조용히 신음하는 어깨여,
시고 매운 세월이 얼마나 길었으면
약 바르지 못한 온몸의 피멍을
이불만 덮은 채로 참아내는가.

쉽게 따뜻해지지 않는 새벽 침상.
아무리 인연의 끈이 질기다 해도
어차피 서로를 다 채워줄 수는 없는 것

아는지, 빈 가슴 감춘 채 멀리 떠나며
수십 년의 밤을 불러 꿈꾸는 당신.

밤새 신음소리조차 내지 못한 채
'약 바르지 못한 온몸의 피멍을 이불만 덮은 채로
참아내는' 사람이 너무 많이 생각나더군요.
그렇게 길고 시고 매운 세월을 어떻게 견뎠을까.
당신, 참 대단하세요.
하지만 이제부턴 괜히 견디지 마세요.
그럴 필요 없어요.

02

그래도 괜찮아요

「나의 아나키스트여」 박시교

누가 또 먼 길 떠날 채비 하는가보다

들녘에 옷깃 여밀 바람 솔기 풀어놓고

연습이 필요했던 삶도 모두 놓아 버리고

내 수의壽衣엔 기필코 주머니를 달 것이다

빈손이 허전하면 거기 깊이 찔러 넣고

조금은 거드름피우며 느릿느릿 가리라

일회용 아닌 여정이 가당키나 하든가

천지에 꽃 피고 지는 것도 순간의 탄식

내 사랑 아나키스트여 부디 홀로 가시라

그럼요. 빈손이 허전한 사람도 있는 거죠.
그깟 주머니 하나 달았다고 마지막까지 사치스럽다고
흉보진 않을 거잖아요. 내가 그러고 싶다는 거니까.
마지막이니까 다 용서하다가도
마지막이니까 다 섭섭하다는
어느 시한부 환자의 토로처럼
마지막이니까 욕심이 없어야 하지만
마지막이니까 욕심 좀 부려도 되죠.
마음껏. 그래도 괜찮아요.
내가 그렇듯 세상엔 선의를 가진 착한 사람이
훨씬 더 많으니까요.

03

누군가의 마음에 눈 맞출 수 있다면

「비스듬히」 정현종

생명은 그래요

어디 기대지 않으면 살아갈 수 있나요?

공기에 기대고 서 있는 나무들 좀 보세요.

우리는 기대는 데가 많은데

기대는 게 맑기도 하고 흐리기도 하니

우리 또한 맑기도 하고 흐리기도 하지요.

비스듬히 다른 비스듬히를 받치고 있는 이여.

'공기에 기대고 서 있는 나무들 좀 보세요'라는 말에
자지러졌지 뭐예요.
여태 그런 줄 몰랐죠.
내가 지금 휘청휘청 비스듬한 게,
어디에서 그러고 있는 또다른 누군가를
받치고 있는 거라 생각하니
등뼈 하나가 꼿꼿하게 생기는 기분이던걸요.
견디는 게 아니라 받쳐주고 있는 거였어요.
휘청거리며 징징거리는 누군가의 마음에 눈 맞출 수 있다면
내가 아파서 징징거릴 때 메아리처럼
누가 들어준다나 봐요. 반드시.
음덕이 뭐 별건가요.
그렇게 비스듬히 서로 받쳐주는 거죠.

04
대신 울어준다는 것

「곡비哭婢 1」 최서림

어느 날 詩를 쓰다가 문득 만져본
오십 살의 쓸쓸한 피부

나이보다 더 지친 내 살가죽을 만들기 위해
그동안 내 詩는, 너무 오래,
내 안에 갇혀 살았다

산이 좋아지고 물이 좋아지는
해가 뜨고 달이 지는 뜻을
새겨듣는 오십에

여태 날 위해 심히
부지런히 부끄럽게 울어왔으니
이제 남을 위해
울어 줘도 되리라

슬퍼도 울 힘이 없고
울래야 울 수도 없는 이들을 위해
대신 울어줄 수 있으리라

내 안에 갇힌 울음이 날개를 달아
내 안의 벽을 허물고
해가 되고, 달이 되고, 별이 되어
궁창穹蒼 높은 곳에 박히리라.

대신 울어준다는 '대곡(代哭)'의 의미가 그거였어. 멋지구나!
누군가의 신음소리 들리면 내가 달려가고
내가 끙끙대면 당신이 달려오고.
그러면 되는 거잖아. 간단한 거잖아.
쉰이 넘으면 자동으로 그렇게 멋져진다는 뜻으로 알고
희망에 부풀었더니, 세상에 그런 건 없나 봐.
지금이 사십쯤이라 생각하고
대곡 능력을 열심히 갈고닦는 수밖에.

05

세상 모든 징징거림

「**겨울 풍경**」 박남준

겨울 햇볕 좋은 날 놀러 가고
사람들 찾아오고
겨우 해가 드는가
밀린 빨래를 한다 금세 날이 꾸무럭거린다
내미는 해 노루꽁지만하다
소한대한 추위 지나갔다지만
빨랫줄에 널기가 무섭게
버쩍버썩 뼈를 곧추세운다
세상에 뼈 없는 것들 어디 있으랴
얼었다 녹았다 겨울빨래는 말라간다
삶도 때로 그러하리
언젠가는 저 겨울빨래처럼 뼈를 세우기도
풀리어 날리며 언 몸의 세상을 감싸주는
따뜻한 품안이 되기도 하리라
처마 끝 양철지붕 골마다 고드름이 반짝인다
지난 늦가을 잘 여물고 그중 실하게 생긴
늙은 호박들 이집 저집 드리고 나머지
자투리들 슬슬 유통기한을 알린다
여기저기 짓물러간다
내 몸의 유통기한을 생각한다 호박을 자른다

보글보글 호박죽 익어간다

늙은 사내 하나 산골에 앉아 호박죽 끓인다

문밖은 여전히 또 눈보라

처마 끝 풍경 소리, 나 여기 바람부는……나 여기 바람 부는 문밖 매달려 있다고,

징징거린다

세상 모든 징징거림이 다 괜찮다고
낭랑한 목소리로 노래 불러주는 느낌이에요.
그럼요. 세상 모든 건 얼었다 녹았다 하는 거죠.
뼈를 곧추 세우기만 하는 사람도,
흐느적거리기만 하는 사람도 없어요.
살다 보면 겨울 허허벌판인 경우 얼마나 많게요.
그런 때 합법적으로 징징거리라고
처마 끝에 풍경 하나 매달아놓는 거잖아요.

2
기승전 '내 탓' 금지

아버지가 직업 부사관이었는데 같은 아파트에 대대장이 함께 살았단다. 마침 초등학교에 다니는 그들의 아들 둘도 동갑내기였다. 가끔 대대장 아들과 싸움이 붙으면 어떻게 알았는지 아버지는 퇴근하자마자 자초지종을 듣기도 전에 자신을 개패듯 후려쳤다고 했다. 어떻게 대대장님 아들을 때리느냐. 네가 무조건 잘못한 거다. 마지막엔 네가 무조건 잘못한 거라는 말을 열 번도 더 복창하게 했다며, 40년 전 일임에도 그 말을 하며 중년사내는 울었다. 그래선지 지금도 무슨 일만 생기면 다 내 잘못인 거 같다는 말도 울먹임 속에 덧붙였다.

폭력적인 아버지와 수직적인 군대 문화에 대한 문제의식은 잠시 접어두자. 다 이런 집에서 자란 것도 아닐 텐데 무슨 일이 벌어지면 습관적으로 자기 탓부터 먼저 하는 이들이 의외로 많다. 많아도 보통 많은 게 아니다. 무의식에 죄의식 인자가 각인된 게 아닌가 의심할 정도다.

'나만 탓하는 나'의 함정

내 마음이 지옥일 때 절대 하지 말아야 할 첫 번째 덕목이 자기 탓이다. 자기 탓은 상황을 중립적, 합리적으로 바라보는 것을 방해한다. 상황이 모호하거나 가해자를 분명하게 적시할 수 없는 경우, 상황이 분명해도 현 상황에 대한 정확한 판단이나 성찰을 치열하게 하지 못하는 경우 가장 손쉽고 게으르게 할 수 있는 분석이 '자기 탓'이다. 얼핏 도덕적 성찰적으로 보이기도 한다. 게다가 자기 탓으로 돌리는 일을 미덕이라고 칭송하거나 강요하는 사회적 분위기까지 있다.

콜센터 상담원들에겐 '고객의 어떤 전화라도 절대 상담원이 먼저 끊으면 안 된다'는 지침이 대못처럼 하달된다. 욕설이나 음란한 말을 폭포수처럼 퍼부어대는 인간에게도 서비스란 미명으로 '네가 더 친절하게 해야 한다'며 업무적으로 자기 탓을 강요한다. 미친 짓이다.

이 나라 공적 영역의 권력자들은 남에게 책임을 미루는 '남 탓'이 필수적인 리더십에 가깝고, 사적 영역의 개인들은 거의 무의식적으로 '자기 탓'에 몰두한다. 자기에게만 채찍을 휘두르는 모양새이니 개인들이 행복해질 새가 없다.

어떤 이가 지옥 같은 고통에 빠졌을 때 제3자 입장에서 나라면 절대 그렇게까지 하지 않았을 자기비난이나 단죄를 비슷한 경우의 자신에게는 거침없이 한다. 때론 타인(혹은 가해자나 방관자)보다 나를 더 지옥으로 내모는 것이 '나만 탓하는 나'다.

내가 만만해서 그런 측면도 있다. 누군가를 탓하고 비난하는 것은 나쁜 짓이라는 자동화된 통념이나 잘못된 신앙관 때문에 결국은 만만한 자기에게 함부로 한다. 누군가를 과도하게 비난하는 일은 나쁘다고 하면서 '나'라는 개별적 존재에게는 가혹하고 잔인해진다. 이런 이율배반이 없다.

여섯 살 아이가 유치원 선생님에게 다가와 물었다. "선생님, 저 정신차려요?" "(화들짝) 왜?" "엄마가 저더러 정신 차리래요." 도대체 여섯 살 먹은 아이가 무슨 정신을 어떻게 차려야 한단 말인가.

우리는 이렇게 컸다. 늘 호랑이 앞에 먹잇감으로 놓인 사람처럼 정신을 바짝 차려야 살아 남을 수 있다고 협박받으면서. 그러다 잘못되면 정신을 차리지 않은 자기 탓으로 돌린다. 자기 탓하기의 과도한 실체를 자각하지 못하는 한 지옥을 늘 이웃에 두고 살 수밖에 없다.

06

눈물이 흐르면 흐르는 대로

「살다가 보면」 이근배

살다가 보면
넘어지지 않을 곳에서
넘어질 때가 있다

사랑을 말하지 않을 곳에서
사랑을 말할 때가 있다

눈물을 보이지 않을 곳에서
눈물을 보일 때가 있다

살다가 보면
사랑하는 사람을
사랑하지 않기 위해서
떠나보낼 때가 있다

떠나보내지 않을 것을
떠나보내고
어둠 속에 갇혀
짐승스런 시간을
살 때가 있다

살다가 보면

본인도 얼마나 당황스럽겠어요.
넘어지지 않을 곳에서 넘어지고,
울지 않을 곳에서 눈물이 나면요.
빨리 손쉬운 해결책을 찾고 싶죠.
일단 내 탓이겠거니, 내가 왜 이래? 내가 미쳤나 봐,
그렇게 생각하면
제일 빠르고 제일 무난해 보이니 그리 가죠.
그 유명한 기승전 내 탓.
뭔가 논리 같은 거라도 있으니 납득은 될 거 같은 거죠.
안 그래요. 번짓수를 잘못 짚었어요.
넘어지면 잠시 가만히 엎드려 있고
갑자기 눈물이 흐르면 흐르는 대로 놔두면 돼요.
그러면 왜 그렇게 됐는지 알게 돼요.
잘 따져보면 전적으로 내 탓인 경우, 거의 없더라고요.

07
아닌 건 아닌 거죠

「꽃 지는 소리」 최명란

꽃만 피면 봄이냐
감흥 없는 사내도 품으면 님이냐
준비할 겨를도 없이 다가와서는
오래된 병처럼 나가지 않는 사내 가슴에 품고
여인은 벌거벗은 채 서 있다
가랑이와 겨드랑이와 가슴과 입술에서 동백꽃이 피어나
그만 고목의 동백이 되어버린 여인
가슴 도려내듯 서러운 날이면 입으로 동백꽃을 빨았다는
수많은 날들 소리 없이 울며울며 달짝한 꽃물을 우물우물 빨았다는
장승포에서 뱃길로 이십 분 거리
동백섬 지심도 동백꽃 여인
육지를 버리고 부모 손에 이끌려 섬으로 와
시집살이 피멍 든 여인의 가슴은 검붉은 동백기름이 되어버렸다
시든 것들이 오히려 더 질긴 법
꽃답게 피었다가 꽃답게 떨어지는 일 쉽지 않구나
지난밤 내린 비에 무참히 떨어진 동백꽃 여인의 시들한 몸이
밀물 때린 갯바위처럼 차다
가슴을 파고드는 파도의 냉기가 무리 지어 달려와
또 한번 매섭게 여인을 내리치고 뒷걸음질친다

아하! 부러진 가지에도 꽃은 핀다
여인의 가랑이에 겨드랑이에 가슴에 입술에
다시 붉은 동백꽃이 핀다
꽃만 피면 봄이냐
붉기만 하면 꽃이냐

첫 문장 읽을 때마다 혼자 대답하면서 속이 쑥 내려가요.
'꽃만 피면 봄이냐
감흥 없는 사내도 품으면 님이냐'
아니예요. 네.
아닌 건 아닌 거죠.
내 탓이 아닌 걸 뻔히 알면서도 시험 문제 고쳐서 자기가
외운 답을 적으려고 하듯 자기 탓으로 돌리면 어째요.
무슨 일 있을 때마다 약한 고리 공격하는 식으로,
울며 겨자 먹기 식으로 자기 탓하고 있다면
소리내 읽어보고 소리내 대답해 보세요.
'감흥 없는 사내도 품으면 님이냐.'

08

나를 공격하는 모든 것들을 향해

「그리운 귀신」 이승희

내게 말을 거네
검은 꽃들
그늘에서
가만히
입 벌린 채
어떤 싸움의 기억도 없이

눈을 깜박이며 골목 끝으로 사라지는
죽은 나무들의 등 뒤로
이젠 내 것이 아닌
한때의 꿈이
비명처럼
불빛처럼
업혀 가네

버스에 실려 간 오후처럼
버려진 손톱을 기억하는 것은
수몰된 집처럼 물에 잠긴
내 발목이 아직 시퍼런 까닭이고
그리하여
몸 밀어오는
차가운 손가락들에게
죽은 꽃들의 목덜미가 하얗다고

말해주는 것

내가 지상에서 하고 싶은 일은
맨드라미 붉은 손목을 잡고
휘파람 불며 집에 가는 일

그리하여
내일 싸울 일을 조금 남겨두는 일

제목이 '그리운 귀신'이라네요.
읽을 때마다 그런 귀신이 있다면, 싫어요.
공유 같은 도깨비라면 모를까. 귀신이 그립긴 처음이에요.
마지막 두 연이 읽을 때마다 꽂혀요.
긴 시간, 사회적 종교적으로
죄의식 세뇌를 너무 많이 받고 살았나 봐요.
안 그래도 되는데. 그러니 괜히 싸울 생각도 못하고
위축될 수밖에요.
내 탓 하지 않고 부당하게 나를 공격하는
모든 것들을 향한 싸움에서,
그렇게 '맨드라미 붉은 손목을 잡고 휘파람 불며' 집에 가면
다시 넉넉하게 싸울 수 있을 거예요.
어떤 싸움인들 못 이기겠어요.

09 내 가슴 겨눈 총구를 거두면

「하일서정夏日抒情」 오탁번

혼자 있을 때

내의와 양말을 빨면

바깥에다 내다 걸기 뭣해서

화장실 벽에 숨겨놓듯 걸어놓는다

비알밭 쥐옥수수도

메뚜기처럼 살이 오르는

한여름 어느 날

감곡에서 놀러 온 여류시인이

화장실에 들어갔다가

빨래를 걷어서 들고 나온다

—빨래가 햇볕을 못 보면

　곰팡이가 슬고 냄새가 나요

잠자리 떼 앉았다가 제풀에 날아오르는

심심한 빨랫줄에다 훨훨 넌다

—햇볕이 너무 좋아서

　빨래들이 깔깔깔 웃겠네요

햇볕 한 번 받지 못하고

칭얼칭얼 보채던 빨래가

자늑자늑 흔들리는 빨랫줄 위에서

빨주노초파남보 눈부신 햇살 마시며

깔깔깔 웃는 소리가
그날 낮결 내내 들려왔다

눅진했던 마음까지 햇볕에 쨍하게 말려서
늘 가슴팍에 어른거리던 스나이퍼의 레이저 표식까지
싹 사라져버린 느낌.
그게 무슨 내 탓이라고 걸핏하면 총구를 내게 겨눠.
과녁이 틀렸지.
'자늑자늑 흔들리는 빨랫줄. 빨주노초파남보 눈부신 햇살. 깔깔깔 웃는 소리.'
자기 향한 총구만 걷어내면 그런 시간들인 거라.
그렇담 총을 치우지 않을 이유가 없잖아.

10

'니들 모두는 아무 잘못 없다'

「목련꽃도 잘못이다」 윤제림

춘계 전국야구대회 1차전에서 탈락한 산골 중학교 선수들이 제 몸뚱이보다 커다란 가방을 메고 지고, 목련꽃 다 떨어져 누운 여관 마당을 나서고 있다. 집으로 돌아가는 길이다. 저마다 저 때문에 졌다고 생각하는지 모두 고개를 꺾고 말이 없다. 간밤에 손톱을 깎은 일도 죄스럽고, 속옷을 갈아입은 것도 후회스러운 것이다.

여관집 개도 풀이 죽었고,
목련도 어젯밤에 꽃잎을 다 놓아버리는 것이 아니었다며
고개를 흔든다,

봄은 미신(迷信)과 가깝다.

봄에만 그런 게 아니라

사계절 내내 그런 미신 속에 사니 문제죠.

그런데 이상도 하죠.

여관집 개도, 선수도, 목련도 다 풀이 죽었다는데

여관집 풍경이 눈 앞에 보름달처럼 그려지면서

슬몃 웃음도 나고 힘도 나는 거예요.

'니들 모두는 아무 잘못 없다'는 걸

역설적으로 보여주려 했나 보다 싶어요.

시의 힘으로. 시인의 힘으로.

혹시 내 탓 하고 싶어질 때

이 시를 슬쩍 보는 경우가 있어요.

제3자의 일처럼 금방 객관화되던걸요.

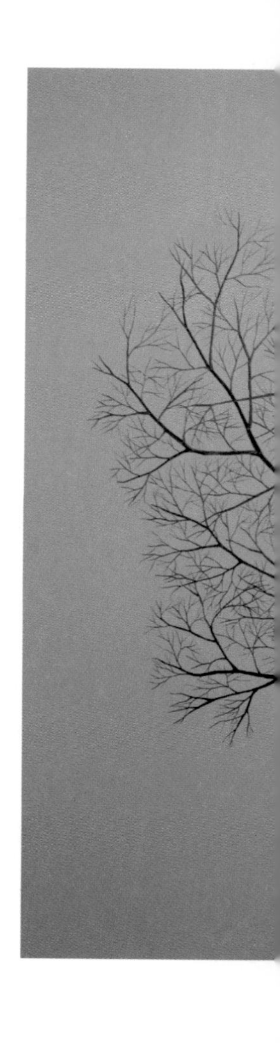

넘어지면 잠시 가만히 엎드려 있고
갑자기 눈물이 흐르면 흐르는 대로 놔두면 돼요.
그러면 왜 그렇게 됐는지 알게 돼요.
잘 따져보면 전적으로 내 탓인 경우,
거의 없더라고요.

WHITE DEER - PROTECTIVE COLORING_물들다, 캔버스에 아크릴채색, 130X162, 2013

3

무조건적인 내 편, 꼭 한 사람

아무짝에도 쓸모없을 것 같은 편파성이 긴요할 때가 있다. 내가 누군가의 '꼭 한 사람'이 되어줄 때다. 묻지도 따지지도 않고 오직 '너'라는 이유만으로 "내 말이 그 말이야" 맞장구 쳐주고 함께 펑펑 울어주는 편파적인 사람이 바로 그 '꼭 한 사람'이다. 속세에서는 엄마, 친구, 연인, 스승, 친구, 동지라는 이름으로 존재하는 공감의 동지다. 생명과 평화의 교신자다. 하지만 누군가의 '꼭 한 사람'이 되어주는 일은 생각보다 쉽지 않다. 상대가 고통이 큰 상황일수록 더 그렇다.

이렇게 무조건 지지하는 게 옳은지, 몸에 좋은 약이 쓴 법이라는데 냉정하게 올바른 말을 제대로 해주는 게 더 도움이 되지는 않을지, 이러다 그가 내게 지속적으로 과도하게 의존하면 감당할 수 있을지, 내가 그에게 '꼭 한 사람'이 될 자격이 있기는 한 건지 갈등하게 된다. 끝까지 함께할 수 있을지 두렵기도 하다.

하지만 그런 갈등까지 포함해서 누군가의 '꼭 한 사람'이 되어주는 일은 언제나 옳다.

국민행복지수가 가장 높은 나라 부탄에서는 '필요하다'와 '원하다'가 같은 단어다. 내가 원하는 건 그게 지금 내가 필요해서다. 임신부 식성과 닮았다. 임신부가 땡기는 음식은 태아나 예비엄마의 몸이 지금 그걸 필요로 해서다. 예전엔 한 번도 먹어보지 않았는데 지금 왜 그런 게 땡기는지 분석할 필요가 없다. 필요해서 땡기는 거다.

자기결정에도 그 공식은 그대로 적용된다. 내가 그렇게 선택한 데는 반드시 이유가 있다. 필요해서다. 그러므로 모든 '나의 끌림'은 늘 옳다.

당신의 존재 자체가 누군가에게 '로또'가 될 때

내가 '꼭 한 사람'이 되어주기로 결심한 사람이 동성애자면 어떻고 직업을 바꾸면 어떻고 미혼모면 어떻고 번번이 지는 싸움만 하면 어떤가. 묻지도 따지지도 않고 응원해 줘야 마땅하다. 나도 그렇듯 그도 그런 응원자가 있어야 살 수 있다. 당신이 응원자가 된

순간 당신은 그에게 로또다.

로또 1등은 814만분의 1 정도 되는 확률이다. 비유하자면, 한 사람이 벼락을 여섯 번쯤 맞을 가능성이다. 상상도 잘 안 되는 비현실적 확률이지만 거의 매주 이런 확률의 주인공이 등장한다. 그래서 거기에 희망을 걸고 간절하게 기원하는 이들이 그렇게 많다. 하지만 현실세계에서 당신이 누군가에게 그런 로또일 수 있다는 사실을 눈치채는 사람은 드물다.

당신의 환한 웃음이, 깊은 포옹이, 맑은 눈물이, 우물 같은 깊은 끄덕임 한 번이 심지어는 당신의 존재 자체가 지옥 같은 상황에 빠져 있는 누군가에겐 로또가 된다는 사실을 알기만 해도 그 지옥은 저만큼 물러선다.

11
마음놓고 업힐 수 있는 사람

「업어준다는 것」 박서영

저수지에 빠졌던 검은 염소를 업고
노파가 방죽을 걸어가고 있다
등이 흠뻑 젖어들고 있다
가끔 고개를 돌려 염소와 눈을 맞추며
자장가까지 흥얼거렸다

누군가를 업어준다는 것은
희고 눈부신 그의 숨결을 듣는다는 것
그의 감춰진 울음이 몸에 스며든다는 것
서로를 찌르지 않고 받아준다는 것
쿵쿵거리는 그의 심장에
등줄기가 청진기처럼 닿는다는 것

누군가를 업어준다는 것은
약국의 흐릿한 창문을 닦듯
서로의 눈동자 속에 낀 슬픔을 닦아주는 일
흩어진 영혼을 자루에 담아주는 일

사람이 짐승을 업고 긴 방죽을 걸어가고 있다
한없이 가벼워진 몸이

젖어 더욱 무거워진 몸을 업어주고 있다
울음이 불룩한 무덤에 스며드는 것 같다

공감 돋는다는 건 이럴 때 쓰는 말인가 봐요.
등에 업혀서 자장가 들으며 스르르 잠이 들던 때의 나를
떠올리면 내가 더 어떻게 사랑스럽겠어요.
내가 천하무적이던 시절이에요.
다치고 취해서 무방비인 상태일 때 업히려면
몸무게가 적당해야 해서 그게 걱정이지
내가 마음놓고 업힐 수 있는 누군가가 있다면
더 바랄 게 없죠.
자기 등에 여자 가슴을 밀착시키기 위해서
모터사이클 속도를 높이는 가죽잠바 오빠는 하수예요.
그건 업는 게 아니에요. 내리면 끝나는 관계예요.
돌에 걸려 넘어지고 물에 빠졌을 때
업어주는 사람이 진짜예요.

12 손발톱 내밀 수 있는 당신

「발톱 깎는 사람의 자세」 유홍준

(……)

사람이 사람을 앉히고 발톱을 깎아준다면
정이 안 들 수가 없지
옳지 옳아 어느 나라에선
발톱을 내밀면 결혼을 허락하는 거라더군
그 사람이 죽으면 주머니 속에 발톱을 넣어 간직한다더군

평생 누구에게 발톱을
내밀어보지 못한 사람은 불행한 사람

단 한번도 발톱을 깎아주지 못한 사람은 불행한 사람

(……)

지금도 그런가. 예전엔 입대하면 훈련소에서
손톱 발톱을 깎아 우편으로 부모님에게 보내주곤 했는데
그거 받으면 엄마들은 백이면 백 눈물 바다가 되는 거라.
헤어진 지 열흘도 안 된 시간임에도.
손발톱은 그런 정도의 위력을 가진 속살인 거라.
그러니 그런 발톱을 내밀거나 깎아줄 사람이 있다는 건
그 자체로 행복인 거지.
깎아달라고 속살을 내밀면 어떻고 누군가를 깎아주면 어때.
그런 사람이 있다는 것만으로도 꽉 찰 수밖에.
생각만으로도 지옥은 페이드아웃!

13 나를, 마침내 일으켜 세우는

「폐병쟁이 내 사내」 허수경

그 사내 내가 스물 갓 넘어 만났던 사내 몰골만 겨우 사람꼴 갖춰 밤 어두운 길에서 만났더라면 지레 도망질이라도 쳤을 터이지만 눈매만은 미친 듯 타오르는 유월 숲 속 같아 내라도 턱하니 피기침 늑막에 차오르는 물 거두어주고 싶었네

산가시내 되어 독오른 뱀을 잡고

백정집 칼잽이 되어 개를 잡아

청솔가지 분질러 진국으로만 고아다가 후 후 불며 먹이고 싶었네 저 미친 듯 타오르는 눈빛을 재워 선한 물같이 맛깔 데인 잎차같이 눕히고 싶었네 끝내 일어서게 하고 싶었네

그 사내 내가 스물 갓 넘어 만났던 사내

내 할미 어미가 대처에서 돌아온 지친 남정들 머리말 지킬 때 허벅살 선지피라도 다투어 먹인 것처럼

어디 내 사내뿐이랴

괜히 내가 다 좋더라고요.
틀림없이 일어섰을 거예요, 사내는.
저런 사람이 곁에 있는데 못 일어나면 그게 이상하죠.
마지막에 '어디 내 사내뿐이랴' 호령하는데
나라를 구할 때의 기개가 저런 거 아닌가 싶었어요.
그럼 세상도 구해지죠. 당근.

14
엄마性 있는 존재

「**화살**」 이시영

새끼 새 한 마리가 우듬지 끝에서 재주를 넘다가
그만 벼랑 아래로 굴러떨어졌다
먼 길을 가던 엄마 새가 온 하늘을 가르며
쏜살같이 급강하한다

세계가 적요하다

쏜살같이 내리꽂히는 엄마 새의 속도를
손 꼭 쥐고 응원하다가
새끼를 낚아채 비상하는 상상도에
혼자 가슴을 쓸어내립니다.
그래서 읽을 때마다 롤러코스터 탈 때처럼 짜릿한데
결국엔 짠해요.
누구에게나 엄마가 필요하죠.
엄마에게도 엄마가 필요하듯이요.
생물학적인 건 별로 중요하지 않아요.
생명을 지키고 상처를 보듬는
(엄마 아니고) 엄마性 있는
존재가 진짜 엄마죠.
세상의 모든 엄마성 있는 존재에게, 축복을.
세계가 적요해진다잖아요.

15
채송화꽃 같은 위안

「내가 채송화꽃처럼 조그마했을 때」 이준관

내가 채송화꽃처럼 조그마했을 때
꽃밭이 내 집이었지.
내가 강아지처럼 가앙가앙 돌아다니기 시작했을 때
마당이 내 집이었지.
내가 송아지처럼 겅중겅중 뛰어다녔을 때
푸른 들판이 내 집이었지.
내가 잠자리처럼 은빛 날개를 가졌을 때
파란 하늘이 내 집이었지.

내가 내가
아주 어렸을 때,

내 집은 많았지.
나를 키워 준 집은 차암 많았지.

아아, 생각 나.

내가 집이라고 마음 먹으면 모든 것이 집이 되었던 시간들.

채송화꽃처럼 조그마했으나 장수처럼 힘이 세던 시절.

이제 심리적으로 기골이 장대해졌으니

누군가에게

채송화꽃 같은 위안을 줄 수 있을 거야. 가앙가앙.

누군가를 키워줄 집이 될 수 있을 거야. 겅중겅중.

누구에게나 엄마가 필요하죠.

엄마에게도 엄마가 필요하듯이요.

생물학적인 건 별로 중요하지 않아요.

생명을 지키고 상처를 보듬는

(엄마 아니고) 엄마性 있는

존재가 진짜 엄마죠.

WHITE DEER – 나와 내가 만나던 날, 캔버스에 아크릴채색, 130X130, 2013

4

나는 원래 스스로 걸었던 사람이다

한적한 식당. 아이에게서 눈을 떼지 못했다. 이제 서너 살이나 됐을까. 여자 아이는 조용하게 자주 웃었다. 일곱 명의 어른들이 꽃이 만발한 성곽처럼 아이를 둘러싸고 앉아 그런 웃음을 유도해 냈다.

외할아버지, 고모, 이모 등이 뒤섞인 그들은 아이에 대한 애정을 스스럼없이 표현했다. 아이가 부르는 노래를 나지막하게 따라 부르기도 하고, 손 그림자 놀이를 번갈아 시연하기도 하고, 아이가 안고 있는 인형을 다독여주기도 했다. 아이도 당연한 듯 그 사랑을 편안하게 받아들였다. 나중에 아이의 엄마가 합류했을 때에야 그 자리에 엄마가 없었다는 사실을 알았을 정도로 아이는 다 가진 듯 유쾌해 보였다.

저렇게 사랑받고 자라면 치유고 뭐고 아무것도 필요없겠구나. 충분히 사랑받으면 철갑옷도 생기고 셀프 치유가 가능한 내공도 저절로 생긴다. 아이 한 명을 키울 때만 온 마을의 힘이 필요한 게 아니다. 모든 인간은 온 마을에서 충분히 사랑받으며 살아야 마땅한 존재다. 그래야 살아지는데 현실은 거의 반대다. 상처의 칼날이 포탄처럼 쏟아지는 속에 서 있다.

나는 본래 절대적으로 괜찮은 존재

살다 보면 어깨 위에 산 전체를 걸머지는 고통과 벼락처럼 마주할 때가 있다. 사랑하는 사람을 잃고 믿었던 관계가 깨지고 곤두박질하듯 무일푼 신세가 된다. 당혹스럽기도 하고 힘에 겨워 무릎이 꺾여 넘어진다. 그럴 때 사람들의 반응은 거의 같다. 일어나는 방법을 잊었다는 것이다. 어떻게 해야 다시 일어나고 어떻게 걸을 수 있는지 알고 싶어한다. 살고 싶어서다.

트라우마 현장 경험이 누구보다 많은 치유자 정혜신의 처방은 간명하다. 걱정할 거 없다. 지금 일어설 수 없으면 일어서려 하지 않아도 된다. 더 주저앉아 있어도 된다. 꺾였을 때는 더 걸으면 안 될 만한 이유가 있는 거다. 그걸 인정해 줘야 한다. 충분히 쉬고 나면 저절로 걷게 된다. 당신은 원래 스스로의 다리로 걸었던 사람이다. 그걸 잊지 않는 게 중요하다. 다리가 부러졌을 때 깁스도 없이 정신력만 앞세워 걷겠다고 일어서면 근육과 신경, 혈관이 다 파열돼 다리를 절단할 수도 있다. 뼈가 붙으면 그때부터 일어서서 걷는 연습을 시작하면 된다.

모든 인간의 어린 시절 '나'는 온전한 나, 치유적으로 건강한 나의 원형이다. 나는 본래 그렇게 사랑스런, 사랑받아 마땅한 혹은 사랑받았던 사람이다. 절대적으로 괜찮은 존재였다. 그런 확인은 어마어마한 안정감을 준다. 그 안정감으로 어떤 상처에도 견딜 수 있다. 지옥을 빠져나갈 수 있는 힘은 외부에서 다른 힘을 빌려와 가능한 것이 아니다. 온전하게 사랑받았던 나의 원형을 훼손하는 여러 방해물들을 하나씩 걷어내다 보면 저절로 된다.

본래 나는 내 두 다리로 걸었던 사람이다. 그것만 잊지 않으면 지옥을 빠져나간다.

16 내 몸과 마음이 기운 쪽으로

「영웅」 이원

(……)

왼쪽으로 기운 것은 오토바이가 아니라 나의 생이야

기운 것이 아니라 내 생이 왼쪽을 딛고 가는 거야

몸이 기운 쪽이 내 중심이야

기울지 않으면 중심도 없어

(……)

그럼요. 몸이 기운 쪽이 내 중심이고 말고요.
기울지 않으면 중심도 없고 말고요.
자전거 처음 배울 때처럼
기우는 쪽으로 핸들을 꺾어야 넘어지지 않잖아요.
그게 처음에는 그렇게 이해가 안 되는 말이잖아요.
넘어지는 쪽으로 핸들을 꺾으라니
그러면 폭망하는 거 아닌가 싶죠.
그런데 그렇게 하면 안 넘어지죠.
내 결대로 살면 처음에는, 남들 보기에는,
금방 잘못될 것 같지만 안 그래요.
자기 몸과 마음이 기운 쪽으로만 움직이면 절대 안전해요.
자기를 보호하는 가장 확실한 방법이 그거예요.
그것만 잊지 않으면 되죠.

17
먹고 자고 먹고 자고

「눈오는 집의 하루」 김용택

아침밥 먹고

또 밥 먹는다

문 열고 마루에 나가

숟가락 들고 서서

눈 위에 눈이 오는 눈을 보다가

방에 들어와

또

밥 먹는다

그렇게 살 수 있으면 좋겠어.

비현실적이라고 뒤켠에서 흉보든 말든.

그러지 못할 이유가 무에야.

비 오신다고 김치 부침개 해 먹고.

바람 분다고 멸치 국수 해 먹고.

먹고 자고 먹고 자고.

무위도식 같지?

줄창 그렇게만 살 수 있는 사람은 세상에 없어.

그렇게 하고 있다는 건

지금 그런 시간이 필요하다는 뜻이지.

나를 보호하고 다독여주는 시간이 필요하다는 신호야.

이런 시는 소리내 읽어봐야 돼.

운율이 얼마나 좋은지

스미듯 마음이 포대기에 싸이는 느낌이라.

18
쓰담쓰담

「**파도타기**」 서상만

어려서는 파도소리에 잠들었고

커서는 파도를 꿈꿨고

어른이 되어서는 소용돌이치는 파도에 휩쓸렸고

늙어서는 파도에 떠밀려

어느 바닷가 외로운 돌무덤이 되었느니

아아, 그런가?!

아아, 우연히 표창 같은 시를 만날 때가 있어.

읽고 나면 내가 어떤 사람인지 대번에 알겠는 거라.

읽는 사람이 전부 다를 건데

마치 내 얘기인 거 같아서

눈을 못 떼겠던걸.

그동안 고단했겠다. 잘했구나.

그런 나를 순하게 바라봐주고

쓰담쓰담 해줄 수 있는 게 자기보호야.

19

울타리 쳐 서로를 보호해 주기

「'나'라는 말」 심보선

나는 '나'라는 말을 썩 좋아하진 않습니다.
내게 주어진 유일한 판돈인 양
나는 인생에 '나'라는 말을 걸고 숱한 내기를 해왔습니다.
하지만 아주 간혹 나는 '나'라는 말이 좋아지기도 합니다.
어느 날 밤에 침대에 누워 내가 '나'라고 말할 때,
그 말은 지평선처럼 아득하게
더 멀게는 지평선 너머 떠나온 고향처럼 느껴집니다.
나는 '나'라는 말이 공중보다는 밑바닥에 놓여 있을 때가 더 좋습니다.
나는 어제 산책을 나갔다가 흙길 위에
누군가 잔가지로 써놓은 '나'라는 말을 발견했습니다.
그 누군가는 그 말을 쓸 때 얼마나 고독했을까요?
그 역시 떠나온 고향을 떠올리거나
홀로 나아갈 지평선을 바라보며
땅 위에 '나'라고 썼던 것이겠지요.
나는 문득 그 말을 보호해주고 싶어서
자갈들을 주워 주위에 빙 둘러 놓았습니다.
물론 하루도 채 안 돼 비가 오거나 바람이 불어서
혹은 어느 무심한 발길에 의해 그 말은 흔적도 없이 사라지겠지요.
(……)

사라지면 어떤가요.
파도가 지워버릴 걸 뻔히 알면서도 바닷가 백사장에
정교한 예술작품을 만드는 모래예술가처럼
누군가 잔가지로 써놓은 '나'라는 말에
주운 자갈로 울타리를 쳐 보호해 주는 일이
우리가 서로에게 할 일이죠.
자기보호는 그것으로 충분하고말고요.

20
안정감 있는 속도

「분갈이」 전영관

뿌리가 흙을 파고드는 속도로
내가 당신을 만진다면
흙이 그랬던 것처럼 당신도
놀라지 않겠지

느리지만
한 번 움켜쥐면
죽어도 놓지 않는 사랑

느린 게 가장 빠른 것이라는,
소문으로만 접하던 그 말이 진짜라는 거죠?
가장 오래 가는 사랑이란 거죠?
뿌리가 흙을 파고드는 속도는
초속(秒速)이 아니라 연속(年速)쯤 되려나요.
그런 속도로 누가 만져주면
진짜 안정감 있을 거 같긴 해요.

21
계속 걷게 하는 힘

「산속에서」 나희덕

길을 잃어보지 않은 사람은 모르리라
터덜거리며 걸어간 길 끝에
멀리서 밝혀져오는 불빛의 따뜻함을

막무가내의 어둠속에서
누군가 맞잡을 손이 있다는 것이
인간에 대한 얼마나 새로운 발견인지

산속에서 밤을 맞아본 사람은 알리라
그 산에 갇힌 작은 지붕들이
거대한 산줄기보다
얼마나 큰 힘으로 어깨를 감싸주는지

먼 곳의 불빛은
나그네를 쉬게 하는 것이 아니라
계속 걸어갈 수 있게 해준다는 것을

나, 그런 산속 불빛 같은 사람 많이 알아요.
어느 해 겨울인가 내가 자신에겐 등댓불 같았다는
후배의 송년 카톡을 받은 후
등대지기 비슷하게라도 되었던 듯싶어요.
"죽어야만 아이가 잊힐 거예요. 고통도 그럴 거예요."
그렇게 말해 줬더니,
그걸 알아줘서 고맙다며 손을 맞잡은 아이 잃은 엄마.
그 엄마의 눈물을 손등에 맞으며 함께 눈물을 보탰지요.
그런 사람 생각나면 넘어졌다가도 금방 일어나지던걸요.
계속 걸을 수 있겠더라고요.

모든 인간의 어린 시절 '나'는 온전한 나,

치유적으로 건강한 나의 원형이다.

나는 본래 그렇게 사랑스런, 사랑받아 마땅한

혹은 사랑받았던 사람이다.

절대적으로 괜찮은 존재였다.

WHITE DEER - PROTECTIVE COLORING(White), 종이에 혼합재료, 81X55, 2013

5

자기 속도로 가는 모든 것은 옳다

태어나기 전에 아버지가 돌아가셔서 얼굴도 본 적 없는데 친구들이 놀다가 사이가 틀어지면 "너 아버지 없지?" 윽박 질렀단다. 속으론 '그게 내 죄야?' 묻고 싶었지만 그렇게 하지 못하고 그때마다 어린 마음에 많이 당황하고 슬펐다는 얘기를 초로의 중년남에게서 들었다.

얼마나 난감했을까. 이건 삶에서 나의 자율권이나 통제권이 완전히 박탈된 채 속수무책으로 당하는 일에 가깝다. 내가 교정할 수 없는 출신성분이나 과거를 가지고 트집 잡으면 어쩌나. 성 정체성, 출신지역, 부모의 직업, 다문화가정, 아들을 바랐는데 칠공주의 막내로 태어난 끝순이 등 내가 바꿀 수 없는 것들을 이유로 비난받거나 존재를 부정당하면 그걸 어떻게 받아들이느냐는 말이다.

어렸을 때만 차마 그런 속마음을 말하지 못하는 것일까. 아니다. 성인이 돼서도 내가 어찌할 수 없는 문제로 마음이 지옥인 사람들 헤아릴 수 없이 많다. 성소수자인데 부모가 그걸 인정하지 않아 거기에 맞추려고 한다. 내 탓은 아니지만 미혼모의 자식이니 죄인처럼 주눅들어주는 게 주위 사람들과 괜한 불화를 만들지 않는 거라고 합리화하기까지 한다.

내 존재와 선택 자체를 부정당할 때

심정적으로 그럴 수는 있다. 하지만 명백하게 틀렸다. 그런 문제는 내가 교정할 수 있는 게 아니다. 내가 교정할 필요도 없고 그렇게 해서도 안 되는 문제다. 존재 자체, 존재의 바탕 자체를 문제삼고 비난하는 이들에게 그대로 반사해 줘야 마땅한 문제다. 나를 닦달하면서 내게 책임을 물을 게 아니라 그들을 향해 분노해야 할 문제다.

당황이나 정서적 불편함은, 무지하고 어처구니 없는 그들이 감당해야 한다. 당황과 혼돈 끝에 그들이 스스로를 돌아볼 수 있다면 다행이지만 그러지 못해도 어쩔 수 없다. 그건 내가 감당할 문제가 아니라 그들의 문제다. 그들 몫이다. 내가 관여할 문제가 아니다. 그래서 어디까지가 내 영역이고 어디부터는 내 영역이 아닌지를 분별하는 게 중요하다.

내가 선택한 자발적 가난이나 주위 사람들이 반대하는 결혼 등 내가 스스로 교정하지 않기로 선택한 일에 대해서도 심리적 리액션은 똑같다. 나 자신의 선택에 대해서 싸가지 없다는 비난을 들어야 할 하등의 이유나 의무가 내겐 없다.

관계를 끊어야만 해결되는 문제라면 그렇게 하는 게 가장 정확한 리액션이다. 상대방의 말과 행동에 가장 적확하게 반응한다는 리액션의 달인 유재석의 용감한 버전쯤이 정답이다.

그러다 관계가 다 끊어지면 어쩌나 걱정할 필요없다. 그런 관계라면 없어도 살아가는 데 아무 지장이 없거나 외려 삶의 질이 나아진다. 새로운 관계는 계속 생긴다. 식수가 없어서 구정물을 마신다고 살아지나. 제대로 된 식수를 구하기 전에 병에 걸려 죽는다.

민달팽이는 이 잎사귀에서 저 잎사귀로 옮겨가는 데 한 시간이 넘게 걸린다. 그런다고 문제 있나. 없다. 문제 있을 거라고 지레짐작하는 우리 생각만 문제다. 치타든 달팽이든 자기 속도로 가는 모든 것들은 옳다. 왜 치타가 아니고 달팽이냐고 눈을 치켜 뜨는 족속들만 틀렸다. 모든 불편함은 틀린 이들이 감당할 문제다. 그리로 반사. '마이 비즈니스'가 아니고 '유어 비즈니스'다.

22
천 길도 넘는 사람 마음

「**그리움**」 고은

물결이 다하는 곳까지가 바다이다
대기 속에서
그 사람의 숨결이 닿는 데까지가
그 사람이다
아니 그 사람이 그리워하는 사람까지가
그 사람이다

오 그리운 푸른 하늘 속의 두 사람이여
민주주의의 처음이여

'열 길 물속은 알아도 한 길 사람 속은 모르겠다'는 속설
다 헛말이에요. 물리적으로 한 길이라고 해서 그렇지 실
제론 천 길도 넘어요, 사람 마음은.
그걸 어떻게 다 알겠어요.
불필요하게 많이 알려고 하면 서로 다쳐요.
카풀 동료 찾는 데 배우자 고르듯
열 길 스무 길 다 따질 필요 없잖아요.
카풀 하는 데 필요한 만큼 파악하면 되는데
온갖 정보를 분석하느라 괜한 에너지 써가며 된다, 안 된다.
어리석어요. 내가 알고 느끼는 데까지가 그 사람이에요.
그 사람의 숨결이 닿는 데까지가 그 사람이라잖아요.
더 많이 알 필요 없겠어요.
눈 밝은 老시인이 거기까지면 충분하다니.

23
잘 알지도 못하면서

「대서 데서」 김민정

이 여름에 물이
이 얼음으로 얼어붙기까지
얼마나 이를 악물었을지
얼음을 깨물어보면 안다

이 여름에 얼음이
이 맹물로 짠맛을 낸다면
얼마나 땀을 삼켰을지
얼음에 혀를 대보면 안다

누가 얼어붙고
누가 이를 악물고
누가 깨물고
누가 맹물이고
누가 짠맛이고
누가 땀흘리고
누가 혀를 대고
누가 이 짓을 왜 할까마는

한다면 흰 베개가
한다면 갈색 밥상쯤

(……)

매미의 거룩한 일생만 교훈인 줄 알다가
문득 얼음에게 경의라도 표하고 싶은 심정이라.
얼음이 얼마나 이 악물었을지
얼마나 땀을 삼켰을지 생각 못했어.
잘 알지도 못하면서
하루살이에게 장기적 비전이 없다고 타박하는 게
습관인 종자들이 있어.
누가 얼어붙고 누가 이를 악물고 누가 땀 흘려서
'지금'이 됐는지 궁금해하기라도 해야 하는 거잖아.
덮어놓고 타박하면 어째.
곧, 자기도 누군가에게 똑같이 타박 당하는 거지 뭐.

24
내 근본을 부정할 때

「물속에서」 진은영

가만히 어둠 속에서 누군가를 기다리는 일
내가 모르는 일이 흘러와서 내가 아는 일들로 흘러갈 때까지
잠시 떨고 있는 일
나는 잠시 떨고 있을 뿐
물살의 흐름은 바뀌지 않는 일
물속에서 누군가를 기다리는 일
푸르던 것이 흘러와서 다시 푸르른 것으로 흘러갈 때까지
잠시 투명해져 나를 비출 뿐
물의 색은 바뀌지 않는 일

(그런 일이 너무 춥고 지루할 때
내 몸에 구멍이 났다고 상상해볼까?)

모르는 일들이 흘러와서 조금씩 젖어드는 일
내 안의 딱딱한 활자들이 젖어가며 점점 부드러워지게
점점 부풀어오르게
잠이 잠처럼 풀리고
집이 집만큼 커지고 바다가 바다처럼 깊어지는 일
내가 모르는 일들이 흘러와서
내 안의 붉은 물감 풀어놓고 흘러가는 일

그 물빛에 나도 잠시 따스해지는

그런 상상 속에서 물속에 있는 걸 잠시 잊어버리는 일

누가 내 근본을 부정하는 느낌이 들 때마다
가만히 읊조려보곤 해.
'내가 모르는 일이 흘러와서 내가 아는 일들로 흘러갈 때
까지' 그렇게 기다리다 보면
희한하게도 내가 부정당할 때가 아니라
내가 누군가의 근본을 부정했던 순간은 없었는지를
떠올려보게 돼.
그러면 내 근본을 부정당하는 지금 상황이 어떤 건지
명확해지면서 자세가 딱 나오는 거라.
'물살의 흐름은 바뀌지 않는 일'
나도 굳센 나무처럼 버텨보려고.

25

그깟 악취에 코가 멀어

「은행알」 전재현

밟힌 은행알이
오직 구린내 풍긴다고
인상을 찡그린다면
그댄 삼류야

그 안에
빙하기를 건너온
어미의 젖내 같은
그런 두웅근 향내
그걸 탐지해내지 못한다면
그댄 삼류야

자자
엄마아~ 하고
향을 맡아봐
기억나지
엄마 젖 내음
그래
일류로 살자

읽다가 계속 얼마나 찔리는지 몸이 따가운 느낌이더라고요.
삼류가 몸에 뱄나 싶어서요.
은행열매 악취로
코를 싸매고 얼굴을 찡그렸던 경험만 생각나고
그래서 악취나는 열매를 떨구는 암나무는 없애고
수나무만 선별해서 심는다는 지자체 정책에
진작에 그랬어야지 박수치던 기억만 떠오르니
빼도 박도 못하게 삼류지 뭐예요.
그깟 악취에 코가 멀어 은행알 깊은 곳 '어미의 젖내 같은
두웅근 향내'는 보지도 못하고.
어찌할 수 없는 누군가의 상태를 부정하고 조롱하고
비난하는 모든 것들은 뼛속까지 회복불능인 삼류예요.
설마 내가 살고 있는 이곳이 그런 삼류일까 화들짝.
아닐 거예요.
아마 일류와 이류의 어디쯤 있을 거라 믿고 있어요.
나도 그렇게.

26
나만 느낄 수 있는 응원

「채소밭 가에서」 김수영

기운을 주라 더 기운을 주라

강바람은 소리도 고웁다

기운을 주라 더 기운을 주라

달리아가 움직이지 않게

기운을 주라 더 기운을 주라

무성하는 채소밭 가에서

기운을 주라 더 기운을 주라

돌아오는 채소밭 가에서

기운을 주라 더 기운을 주라

바람이 너를 마시기 전에

채소밭 가가 아니라 내 귀에 대고
기운내라 응원하는 소리겠거니 듣는다고 무슨 흉이겠어요.
게다가 혁명의 시인 김수영의 강바람 같은 주문이라는데요.
그깟 강바람이 땀이나 식히지 무슨 응원이 되겠어, 싶죠?
안 그래요.
내 존재의 의미가 바닥에 처박혀 있을 땐
남들은 알 수 없지만
나만 느낄 수 있는 생명의 동아줄이 있어요.
그것이 조약돌일 수도, 말랑한 아기손가락일 수도,
라면 한 그릇일 수도, 상투적인 유행가 한 대목일 수도,
아침 드라마일 수도 있어요.
누가 뭐라든 상관없어요.
내가 위로받고 힘 얻는 게 중요해요.
운율이 얼마나 좋은지 읽을 때마다 힘 나요.
난 그래요.

6

생각이 바뀌었다

화장실 갈 때와 나올 때 마음은 다르다. 물리적 상태가 달라졌으니 마음이 달라지는 건 당연하다. 그런데 사람들은 그 말을 누가 자신에게 할까 봐 질색한다.

싸늘하게 혹은 경멸적으로 '화장실 갈 때와 나올 때가 다르다더니 딱 너 같은 사람을 두고 하는 말이었어'란 말을 내가 듣는다면 어쩌나. 그게 사람들이 가장 듣기 싫어하는 말 1위쯤일지도 모른다. 굳은 약속을 헌신짝처럼 저버리는 비겁한 인간이고 한 입으로 두말하는 인간이라는 비난이라서 그렇다. 그런 말을 들으면 내가 하질의 인간이 된 거 같은 느낌에 기를 쓰고 원래 생각을 고수하려 한다. 모든 인간은 자기가 '좋은 사람'으로 보이고 싶어 하는 본능이 있다. 그러니 당연한 반응이다.

사람은 자기 안의 일관성을 중시한다. 자기모순을 견디기 어려워한다. 그래서 그걸 피하려고 더 큰 고통과 불합리까지 껴안다가 결국 지옥으로 추락한다. 만 원 지키자고 백만 원 넘게 쏟아붓는 의사결정도 비일비재하다. 현대인 정신건강의 주범이라는 '슈드비 콤플렉스'와 비슷하다.

내 마음에 스스로 족쇄를 채우고

슈드비 콤플렉스를 간단하게 정의하면 '이러이러해야 한다(should be)'는 강박에 시달려 자기 자신으로 살지 못하는 것이다. '모름지기 남자란, 학생이란, 교육자란, 며느리란…… 이러이러해야 한다'는 따위의 말들에 사로잡혀 스스로 심리적 족쇄를 채운다. 틀에서 못 벗어난다. 관성적이 된다.

그런 측면에서 모름지기 사람은 화장실 갈 때와 나올 때의 마음이 달라서는 안 된다는 생각도 틀에 박힌 자기규정에 불과할 수 있다.

예를 들어, 신체포기각서는 그 자체로 모순덩어리다. 말이 안 된다. 어떤 이유로든 한 사람의 신체를 다른 사람이 마음대로 해도 된다는 약속은 법률적으로도 윤리적으로도 심리적으로도 다 틀렸다. 정상적인 약속이 아니다. 그럼에도 그걸 빌미로 스스로 한 약속을 안 지키는 사람으로 매도하면서 채근하면 빠져나가지 못한다. 지켜야 한다고 생각한다. 미칠 듯 괴로워하면서도, 어떤 피치 못할 이유로 본인이 수락했으면 반드시 지켜야 한다고 생각한다. 말인즉슨 맞는데 해석이 잘못됐다.

검은 머리가 파뿌리될 때까지 연을 이어가기로 사람들 앞에서 서약했으면 어떤 경우에도 그걸 지켜야 한다고 믿는다. 그렇지 않으면 제대로 된 사람이 아니라고 생각한다. 일정 부분 옳다. 하지만 폭력, 도박, 술, 무책임 등 배우자의 도를 넘는 일방적인 횡포에도 처음의 약속을 지키기 위해 노력하는 일은 무의미하다. 미덕이 아니다.

상황이 바뀌었으니 생각이 바뀐 것이다. 그에 대해 죄의식을 가질 필요가 없다. 호쾌하게 말하고 있지만, 여기까지 쓰고 나서 잠시 멈칫하며 뒤를 돌아보게 된다. 읽는 사람이 오해할까 봐 자꾸 토를 달게 된다. 내가 소심해서가 아니다. 자기 일관성에 대한 사람들의 강박이 그만큼 강하다는 반증이다. 공적인 영역에서 한 입으로 두말하고, 팩트체크를 통해 증거를 들이대도 눈썹 하나 까딱하지 않는 파렴치한들을 너무 많이 봐온 부작용이기도 하다.

열쇠는 자신이 가지고 있다

시간이 흐르면 모든 게 달라진다. 자연의 이치다. 내 생각, 내 감정도 바뀔 수 있다. 당연하다. 그걸 인정할 수 있으면 관계가 덜 위태로워진다. 굳은 약속조차 미세하게 흔들리는 걸 용감하게 인정해야 외려 관계가 탄탄해진다. 흔들리는 모든 것은 아름답다. 옳기까지 하다.

이렇게 쓰고 나니 '그럼 앞으로 돈 빌리고 난 다음에 마음 바뀌었다고 안 갚는다고 해도 되겠네?'라는 반문이 환청처럼 뒤따른다. 질문이 틀렸다. 현실적인 문제에서 생각이 바뀌었다고 얘기하면 그건 사기다. 거짓말하는 거다. 사기와 거짓말이 일상인 세상에서 살 방법은 없다. 사기치고 거짓말하는 사람을 좋아하는 사람도 없다. 가까이하고 싶어하지 않는 것도 당연하다.

하지만 사람과의 관계에선 생각이 바뀔 수 있다. 자기와의 약속에서도 그럴 수 있다. 그래도 된다. 아무 문제없다. '더 이상 안 묶여 있어도 되는구나'를 알면 '그동안 괜한 지옥에 있었구나'를 실감하게 된다. 자기 족쇄에서 스스로를 풀어주면 실제로 상황이 달라진 게 없어도 마음은 이전보다 홀가분해진다. 그러니 자기가 스스로에게 족쇄를 채우고 있다는 사실을 깨닫는 일은 중요하다.

자신이 채운 족쇄에 갇혀 전전긍긍하는 누군가의 고민을 듣다가(본인은 자기 문제라 알기 어렵지만 제3자는 자기 족쇄라는 걸 금방 알 수 있다) '생각이 바뀌었다고 하면 되지'라고 조언하면 얼굴이 놀랄 만큼 밝아진다. 상황이 바뀐 게 없는데 문제가 풀린 듯 개운해하기도 한다. 못할 것도 없는 생각인데 자기 족쇄 때문에 엄두도 못 내본 거다.

자기가 열쇠를 가지고 있는데 스스로 수갑 채워놓고 불편하게 살고 있다는 걸 깨달으면 많은 경우 지옥은 사라진다. 지옥 탈출 팁 중 가장 간단하다. '생각이 바뀌었다'고 하면 된다. 다시 말하지만, 공직자나 파렴치한들은 이 법칙에서 제외다.

27
그럴 수도 있고 아닐 수도 있고

「일기예보」 강은진

오늘 낮에 폭풍이 몰려올 예정이에요
사과들이 비명처럼 떨어질 거예요

폭풍이 오면 구름보다 빨리 달려
해가 남아 있는 땅 끝으로 가요
아직 덜 식은 물에 주저앉아
폭풍이 어떻게 비와 당신을 몰고 오는지 지켜보죠
낙과의 걸음으로 미래가 오고 있어요

예고만으로 떨어져버린 비밀
적막 가운데 투둑 사과 몇 알 추락해요

당신은 사과의 멍든 부분
흙터를 씹는 그 단맛이 좋아요
폭풍이 두들겨대는 푹신함이 좋아요

폭풍이 올 거라는 건, 그냥 예보예요
표지와 본문 사이에 낀 간지 같은 거예요
눈앞에 다가올 일을 아는 건 쉬운 일이지만
그건 그냥 예보예요

이 빠진 과도를 남겨 놓을 걸 그랬어요

그럼요. 예보는 그냥 예상일 뿐이죠.
그럴 수도 있고 아닐 수도 있지요.
게다가 현상을 잘못 해석하면
얼마나 우스꽝스럽고 짜증 나는 결과가 나오는지
폭염의 기상청 예보 보면서 실감한 적 많잖아요.
그럼에도 실패를 예감하고 불안을 느끼는
'예기불안'에 시달리는 사람처럼
오로지 예보에 짓눌리고 휘둘리는 사람 보면 가엾고 딱해요.
실제로 부닥쳐보면 별로 무섭지 않아요.
나를 화장실 들어갈 때 나올 때가 다른 사람으로 보면 어
때요. 실제론 아무 일 없던걸요.

28
아름다운 언약도 문득 바뀔 수 있다

「수종사 뒤꼍에서」 공광규

신갈나무 그늘 아래서 생강나무와 단풍나무 사이로
멀리서 오는 작은 강물과
작은 강물이 만나 흘러가는 큰 강물을 바라보았어요
서로 알 수 없는 곳에서 와서
몸을 합쳐 알 수 없는 곳으로 흘러가는 강물에
지나온 삶을 풀어놓다가
그만 똑! 똑! 나뭇잎에 눈물을 떨어뜨리고 말았지요
눈물에 반짝이며 가슴을 적시는 나뭇잎
눈물을 사랑해야지 눈물을 사랑해야지 다짐하며
수종사 뒤꼍을 내려오는데
누군가 부르는 것 같아서 뒤돌아보니
나무 밑동에 단정히 기대고 있는 시든 꽃다발
우리는 수목장한 나무 그늘에 앉아 있었던 거였지요
먼 훗날 우리도 이곳으로 와서 나무가 되어요
나무그늘 아래서 누구라도 강물을 바라보게 해요
매일매일 강에 내리는 노을을 바라보고
해마다 푸른 잎에서 붉은 잎으로 지는 그늘이 되어
한번 흘러가면 돌아오지 않는 삶을 바라보게 해요

어느 하루, 그런 나무그늘에 앉아 있었죠.
시인의 감성을 흉내내 손가락 걸고 복사 코팅까지 하며
다짐도 했지요.
훗날 나무가 되어 그늘을 만들고 매일매일 강 노을을 바라보기로 했던 그 아름답고 눈물겨운 언약이
아직도 선명하게 기억나요.
하지만 그 선명한 소망과 언약까지도
문득 바뀔 수 있고말고요.
나무보다, 말 타고 세상을 호령하는 사람이 되는 일에
더 끌릴 수도 있고,
그늘보다는, 태양에너지를 생산하는 과학자의 현실적 삶이
황홀해 보일 수도 있는 거죠.
그때의 생각에서 바뀌었다고 무슨 문제인가요.
시간의 흐름과 상관없이
현재의 내 마음결에만 집중하면 되는 거 아닌가요.
그러면 생각이 바뀌든 안 바뀌든 아무 상관없어요.

29

전혀 다른 세상을 만나게 되면

「싹트기 전날 밤의 완두콩 심장소리」 이덕규

어둡고 추운 들판을 건넌 어린 전사들이 적진에 몸을 던졌다
적의 땅 깊숙이 숨어들어가 자폭하라

째깍째깍, 봄의 텃밭에 장전된 연둣빛 소년들의 시한부 심장 뛰는 소리

집집마다 등화관제의 희미한 불빛 같은 신열을 앓으며 또륵 또륵, 숨죽여 밤을 건너는
핏발선 눈동자들.
언제쯤 품속에 감춘 사제 양철 폭탄의 안전핀을 뽑을 것인가,

초록 성전 만세!

죽자마자 다시 태어난다는 불사의 푸른 완두콩 전사들이 화약 냄새 자욱한 지상전에 투입된다는 소문이 쫙 깔린 봄밤이다

고등학생 아들이 아버지에게 어디를 간다며
차비를 받아가지고 나갔는데
그게 마지막 인사였다네요. 자살 폭탄이 되어 죽었다죠.
우리가 '자살폭탄 테러'라고 시사용어처럼
무심히 부르는 일들 중에
솜털 소년의 완두콩 심장이 있었다는 사실을 알게 되면
생각이 바뀌지 않을 도리가 있나요.
그전엔 몰랐지만 내가 알던 것과는
전혀 다른 세상이니까요.
그래도 사람이 죽었으니 소년이 나쁘다,
그런 솜털 소년을 자폭시킨 배후가 나쁘다,
논하는 것조차 사치한 일이지 싶고,
자신의 시한부 심장 뛰는 소리만 크게 들렸을
소년의 귀만 선명한 때가 있어요.
살다가 우연히 그런 일들과 만나서
생각이 바뀌고 삶 자체가 바뀐 사람,
난 밭 한 마지기에 심어진 완두콩 숫자만큼 알아요.

30 같은 길은 하나도 없다

「모든 길」 권혁소

모든 길은
오르막이거나 내리막이다
단 한 뼘의 길도 결코 평평하지 않다는 것
늦게 배운 자전거가 가르쳐준다

춘천에서 속초를 향해 가는 길
느랏재 가락재 말고개 건니고개
오르막이면서 곧 내리막인 그 길
미시령을 넘어서니 바다다

바다, 그 또한 끝없는
오르내림의 반복
그러면서 배운다
봄이 오기까지는
모든 관계가 불편하다는 것

지구상에 같은 순간이 존재하지 않듯
같은 길은 하나도 없죠.
오르막만 있거나 내리막만 있는 길도 없어요.
시간과 함께 모든 것은 오르고 내달리고 멈추고.
모든 건 끊임없이 변한다는 생각에 어지럽다가
그게 또 그렇게 안심이 되더군요.
바다조차도 오르내림을 반복한다니 더 말해 뭐해요.
봄이 오기까지는 모든 관계가 불편하다는 말이
진솔한 고백처럼 느껴져서 좋았어요.
설사 해빙기가 금방 오지 않아도
잘 견딜 수 있을 만큼 편안해지던걸요.

31
내게 꼭 맞는 열쇠 하나

「열쇠」 도종환

세상의 문이 나를 향해 다 열려 있는 것 같지만
막상 열어보면 닫혀 있는 문이 참 많다
방문과 대문만 그런 게 아니다
자주 만나면서도 외면하며 지나가는 얼굴들
소리 없이 내 이름을 밀어내는 이데올로그들
편견으로 가득한 완고한 집들이 그러하다
등뒤에다 야유와 멸시의 언어를
소금처럼 뿌리는 이도 있다
그들의 문을 열 만능 열쇠가 내게는 없다
이 세상 많은 이들처럼 나도
그저 평범한 몇 개의 열쇠만을 갖고 있을 뿐이다
그러나 두드리는 일을 멈추진 않을 것이다
사는 동안 내내 열리지 않던 문이
나를 향해 열리는 날처럼 기쁜 날이
어디 있겠는가 문이 천천히 열리는
그 작은 삐걱임과 빛의 양이 점점 많아지는 소리
희망의 소리도 그와 같으리니

그렇게 기쁜 날이 언제였을까

가만히 돌아보게 되더라고요.

역시 최고봉은 내내 열리지 않던 문이

나를 향해 열리는 날이 맞아요.

세상 모든 것을 열 수 있는 만능열쇠가 세상에 어디 있나요.

그런 게 있을 필요도 없고요.

'똑똑한 놈 하나만 있으면 된다'는 속언처럼

내게 꼭 맞는 열쇠 딱 하나만 있으면 되죠.

내가 그 열쇠를 가지고 있다는 사실을

깜빡하지만 않으면 돼요.

깜빡했다면 그 사실을 다시 환기할 수만 있으면 돼요.

찰칵, 하고 열릴 때의 그 손맛 같은 희열감.

아직 경험해 보지 않았으면 말을 하지 마세요.

32

웃음과 울음은 하나

「생각이 달라졌다」 천양희

웃음과 울음이 같은 音이란 걸 어둠과 빛이
다른 色이 아니란 걸 알고 난 뒤
내 音色이 달라졌다

빛이란 이따금 어둠을 지불해야 쐴 수 있다는 생각

웃음의 절정이 울음이란 걸 어둠의 맨 끝이
빛이란 걸 알고 난 뒤
내 독창이 달라졌다

웃음이란 이따금 울음을 지불해야 터질 수 있다는 생각

어둠속에서도 빛나는 별처럼
나는 골똘해졌네

어둠이 얼마나 첩첩인지 빛이 얼마나
겹겹인지 웃음이 얼마나 겹겹인지 울음이
얼마나 첩첩인지 모든 그림자인지

나는 그림자를 좋아한 탓에
이 세상도 덩달아 좋아졌다

얼레꼴레리. 웃다가 웃으면 어디에 털난다는 말은 틀렸어.
몰라서 그렇지 알기만 하면
웃음과 울음은 같은 거니까.
심지어 빛과 어둠도.
그러니 생각이 바뀌고 안 바뀌고가 무슨 차이겠어.
생각은 달라지라고, 있는 거야.
그게 정상인 거라.

그렇게 기쁜 날이 언제였을까

가만히 돌아보게 되더라고요.

역시 최고봉은 내내 열리지 않던 문이

나를 향해 열리는 날이 맞아요.

WHITE DEER – **낯선 세상의 문턱에 서서,** 캔버스에 아크릴채색, 162X130, 2012

7

자꾸 무릎 꿇게 될 때

사람마다 예민한 게 다르듯 내 경우엔 누군가를 무릎 꿇게 하는 행태들에 알레르기가 심하다. 그런 경우를 접할 때마다 살의를 느낄 만큼 격렬하게 반응한다. 땅콩 회항으로 유명한 항공사 오너딸의 판결문을 읽다가 토할 듯 분노했다.

오너딸 : (팔걸이에 얹힌 사무장의 손등을 파일철로 내리치며) 누가 매뉴얼이 태블릿에 있다고 했어? 아까 서비스했던 그년 나오라고 해, 당장 불러와!

여승무원 : (놀라서 오너딸 앞에 다가섬)

오너딸 : 야 너, 거기서 매뉴얼 찾아. 무릎 꿇고 찾으란 말이야. 서비스 매뉴얼도 제대로 모르는데 안 데리고 갈 거야. 저년 내리라고 해.

사무장 : 이미 비행기가 활주로에 들어서기 시작해 비행기를 세울 수 없습니다.

오너딸 : 상관없어, 네가 나한테 대들어? 어디다 대고 말대꾸야! 내가 세우라잖아!

여승무원 : 죄송합니다.

오너딸 : 말로만 하지 말고 너도 무릎 꿇고 똑바로 사과해!

무엇을 하든 자기 앞에선 무릎을 꿇으란다. 우리가 이런 사회에 산다. 이런 종자들이 도처에 즐비하다는 현실에 생각이 미치면 끔찍하다. 이건 이미 인간의 말이 아니다. 어떻게 인간이 인간에게 저런 말을 내뱉나. 멘탈도 그렇고 행태도 그렇다. 증언에 의하면 평상시에도 걸핏하면 사람을 무릎 꿇게 했단다.

어떤 경우에도 사람에게 무릎 꿇게 하면 안 된다. 상대에게 '나는 무가치한 존재로구나' 하는 생각이 들게 하는 야만적인 짓거리다. 인간은 그런 존재가 아니다.

누군가의 심리적 아킬레스건을 끊는 일

1970~80년대 고문을 통해 조작간첩 피해자가 된 고문생존자

들의 속마음에 고문의 통증보다 더한 지옥이 들어 있는 경우가 있다. 아무리 고통스러웠어도 그것만은 내가 하지 말았어야 했다는 감정이다.

고문자들은 모멸감을 주기 위해 피고문자를 발가벗긴 채 네 발로 기게 하거나 입에 담을 수도 없는 욕된 짓들을 강요했다. 그 상황에서 그걸 피할 수 있는 방법은 없었다. 그걸 알면서도 고문생존자들은 그때 시키는 대로 했던 자신의 행동을 용납하지 못한다. 물고문, 전기고문의 끔찍한 환영보다도 그 사실을 입밖에 내는 걸 더 수치스러워한다. 자신이 벌레보다 못한 존재였다고 자책한다. 그렇게 믿는다. 40~50년이 지난 일임에도 그렇다.

무릎 꿇게 하는 것은 누군가의 심리적 아킬레스건을 끊는 일이다. 평생 심리적 불구를 만드는 일이다. 스스로를 무가치한 존재로 여기게 만드는 악질적 행위다. 무가치감은 죽음과 가장 가까운 감정이다. 모든 것을 포기하게 만드는 감정이다.

평생을 가정폭력 속에서 무릎 꿇기를 강요당하고 살아온 사람들은 감정마비 상태가 된다. 만성적인 무표정, 무감동, 무감각, 무기력이 나타난다. 지옥에서 살아갈 수밖에 없는데 지옥을 생생하게 계속 느끼면 살아질 수가 없으니 감정의 셔터를 내려버리는 것이다. 우는 아이들 뒤에서 울지도 못하고 말갛게 쳐다보기만 하는 아이 같은 상태다.

감정마비가 일상화되면 희로애락의 타이밍을 알지 못한다. 울어야 맞는 상황인 건지, 슬퍼하는 정도가 이 정도면 적절한 건지, 웃어야 할지 말지 감이 떨어진다. 어떤 게 지금 상황에서 적절한 감정인지를 매순간 머리로 계산하고 판단해야 하니 초긴장 상태로 산다. 내가 누군인지 모르겠는 혼란이 올 수밖에 없다.

내가 지금 지옥에 있는 건 아닐까?

우리 사회에서는 가정이나 학교, 군대, 감옥, 심지어 직장에서까지 무릎 꿇게 하는 일이 너무 많다. 그건 사람들에게 지옥 속에서 계속 살라고 강요하는 것과 같다. 그렇게 살 수는 없는 노릇이다. 그렇게 살아지지도 않는다.

오소리는 긴 동면에 들어가기 전 배불리 먹고 나서 나무에서 툭 떨어져본다. 그래서 아픈 데가 없으면 곰처럼 씩 웃으며 그때부터 땅굴을 깊이 파들어가기 시작한다.

누구나 자기를 점검하는 나름의 방법이 있을 것이다. 내가 지금 지옥인지 아닌지 알아보려면 무릎 꿇고 있는지 아닌지 따져보면 된다. 심리적인 문제까지를 포함해서 만일 그렇다는 생각이 든다면 당장 중단해야 한다. 지옥에 있다는 뜻이다. 무조건 나오는 게 맞다.

33 아무것도 모르고 듣지 못하고

「회사」 송종찬

꽃 피고
꽃 지는 것 모르고

비 뿌리고
장마지는 것도 모르고

투명한 어항 속에 비치는
캄캄한 심해

술취한 고래처럼
이따금 푸우 푸—우
하늘을 솟구쳐 올랐다가

바람 불고
낙엽 지는 것 모르고

눈꽃 피고
얼음 풀리는 소리 듣지 못하고

어디쯤 지나고 있을까
밤 기차는

어느 탐험가가 오지를 여행하다가
밤하늘 별이 이렇게 아름다운지 몰랐다고 감탄했더니
동행하던 원주민들이 물었다지요.
"그럼 도대체 당신들은 밤마다 무얼 하나요. 이렇게 아름다운 별도 못 보고."
아무것도 모르고, 듣지 못하고.
그러면서 매일 죽을 둥 살 둥 달려가는 곳이 '회사'라네요.
그러지 않으면서 살 수 있는 사람이 몇이나 될 거냐고,
지금 당장 회사를 그만두라는 말이냐고
종주먹 들이대기 전에,
내가 그러고 있다는 사실을 알고는 있자는 얘기죠.

34
원래 내 상태를 잊게 되는 경우

「스며드는 것」 안도현

꽃게가 간장 속에

반쯤 몸을 담그고 엎드려 있다

등판에 간장이 울컥울컥 쏟아질 때

꽃게는 뱃속의 알을 껴안으려고

꿈틀거리다가 더 낮게

더 바닥 쪽으로 웅크렸으리라

버둥거렸으리라 버둥거리다가

어찌할 수 없어서

살 속으로 스며드는 것을

한때의 어스름을

꽃게는 천천히 받아들였으리라

껍질이 먹먹해지기 전에

가만히 알들에게 말했으리라

저녁이야

불 끄고 잘 시간이야

번지고 스민다는 게 문학적으론 멋지지만
감정마비의 또다른 표현일지도 모르겠어요.
의식 못하는 사이에 내 몸의 일부가 되어
원래의 내 상태를 잊게 되는 경우 얼마나 많게요.
나중엔 그 마비 상태를 평온하게 느껴서
편해지기까지 한다는 말이 더 슬퍼요.
그러니 내가 지금 계속 무릎 꿇고 있는지 아닌지
그걸 알기가 얼마나 어렵겠어요.
어쨌거나 시의 속뜻을 잘못 파악한 오독의 대표 사례로
시인에게 흉 잡히겠지만,
그렇다고 블랙리스트에야 오르겠어요.

35
사람에게 함부로 하지 않는 사람

「우리말사랑4」 서정홍

가난하고 못 배운 사람들 죽으면
사망했다 하고
넉넉하고 잘 배운 사람들 죽으면
타계했다
별세했다
운명을 달리했다 하고
높은 사람 죽으면
서거했다
붕어했다
승하했다 한다.

죽었으면 죽은 거지
죽었다는 말도
이렇게 달리 쓴다, 우리는

나이 어린 사람이면 죽었다
나이 든 사람이면 돌아가셨다
이러면 될걸.

너무 간단하잖아.

어려울 게 하나도 없잖아.

그런 간단한 기준 있으면

사람에게 함부로 하는 무도한 종자들이

누구인지 금방 알 수 있잖아.

어떤 여자가 그랬는데 자기는 남자에게 호감을 갖는 기준이

사회적 약자를 어떻게 대하는지에 달렸대.

정의감 그런 것 때문이 아니고 가진 것 없는 사람에게

함부로 하지 않는 사람은 속을 믿을 수 있다는 거지.

섹시하기도 하다네.

의전이나 매너 때문이 아니라

타인에게 그런 기준을 가진 남자가 후지기는 어렵지 않겠어.

난 그 말 듣고 그 여자가 얼마나 괜찮게 생각되든지.

섹시하기까지 하던걸.

36
한 번도 거슬러본 적 없는 삶

「풀」 서종택

평생 한 번도

바람에 거슬러 본 적 없었다

발목이 흙에 붙잡혀

한 발자국도 옮겨보지 못했다

눈이 낮아

하늘 한 번 쳐다보지 못했다

발바닥 밑 세상도 생각하지 못했다

그러나 내 마음속에

너무나 많은 움직임이 있었으므로

참, 모질게도, 나는 살았다

허공. 땅. 하늘. 지하.
어디에서건 한 번도 거슬러본 적 없는 삶이라니요.
그러면서 속으로 혼자 삭여야 했던 마음의 시간들을
어떻게 표현할 수 있을까요.
지금에 와서야 그런 풀처럼 살았다는 게
훤히 알아지고 느껴진다면 얼마나 가슴이 미어질까요.
스스로가 얼마나 가여울까요.
다 무르고 싶을지도 모르죠.
돌이켜보면 누구나 한때는 그런 모진 삶을 살았을 거예요.
모든 인간이 갖는 집단 무의식 같은 경험이 아닌가
생각할 정도니까요.
그러니 그런 타인의 삶을 보거나 그런 자기를 보고
어리석다는 생각은 틀렸어요.
그저 가여워하고 공감해 주면 되는 거죠.
우린 대부분 그런걸요.

37

침전물처럼 가라앉아 있을 때

「One Fine Day」 장이지

어머니는 거울 속
화장의 나라에 가 계셔서
나는 갈 수가 없고
어느 맑은 날
능소화가 얇은 졸음에 겨워
고개를 주억거린다.
꿀벌들이 분주하게
빛 무더기를 부려놓고 가는
돌 마당 사이에서 자란 잡초
풀꽃들 곁에 서서
어느 바다에서 꾸어 온
푸름을 잔뜩 가진 하늘을 올려다보면
하얀 우주선……
다 알고 계시네, 우주선은
누가 착한 앤지 나쁜 앤지.
세상은 휴거라도 된 것처럼 조용하고
문밖으로 나가자 머언 지평선이 달려온다.
누군가 대지를 이불 털듯 털어서
반듯하고 아득하게 펴는구나.
먼지가 풀풀 날리는 시골길을

어머니 같은 여자가
조가비로 만든 예쁜 지갑을 옆에 끼고
한들한들 가고
눈이 부신 어느 맑은 날
구름을 따라 길을 가면은,
구름은 자재로이 모습을 바꾸고
길은 돌아갈 길을 잊은 것처럼
문득 뒤를 돌아보아도.

어느 좋은 날쯤 되려나요.
행복한 혹은 황홀한 날일지도요.
운율이 너무 좋아서 내내 침전물처럼 가라앉아 있을 때,
흙먼지를 뽀얗게 뒤집어쓴 것처럼 한동안 있어야 할 때,
눈으로 한 번 읽고 소리 내 두 번 읽으면
그렇게 마음이 좋아져요.
Fine Day! 그게 뭔지 알겠어요.
부디 오랜 침잠의 상태를 떨치고 일어나길요.

8

낭떠러지 같은 이별 앞에서

별이 된 아이가 매일 숨쉬듯 보고 싶다는 엄마에게 내가 말했다. "아이도 그렇게 엄마를 그리워할 테니 외롭지 않은 그리움이겠어요." 엄마가 소리치듯 손사래를 쳤다. "안 돼요 안 돼요. 우리 애는 나 안 보고 싶으면 좋겠어요. 이렇게 보고 싶고 만지고 싶으면 어떻게 살아요. 죽어요. 안 돼요." 소나무처럼 가만히 들었다.

30대에 세상을 떠난 언니와 듣고 싶다며 동생이 라디오에 노래를 신청했다. 1년 전까지 둘이 화음 넣어 자주 부르던 노래라고 했다.

> 한 사람 여기 또 그 곁에 둘이 서로 바라보며 웃네.
> 먼 훗날 위해 내미는 손 둘이 서로 마주 잡고 웃네.
>
> —양희은, 〈한 사람〉

둘이 어디쯤에서 화음을 넣고 어떻게 주고 받았을지가 그려졌다. 얼마나 보고 싶을까. 단지 허밍으로 따라 불렀을 뿐인데 목이 잠겼다.

어린 시절 느닷없는 사고로 아버지를 잃은 어떤 시인이 이렇게 물었다. “육지 없는 바다를 떠도는 외로움을 혹시 아세요?” 대답 못하고 막막했다.

사랑하는 이가 별이 되었을 때

사랑하는 사람과의 영원한 이별은 지옥의 고통을 안긴다. 예외 없다. 어느 영화 대사처럼 죽음은 생명이 끝나는 것이지 관계가 끝나는 것은 아니다. 계속 이어져 있다. 사고로 다리나 손을 절단한 사람은 한동안 잘려나간 손가락, 발가락이 아프다고 소리를 지른다. 실제 부위가 없으나 있는 것처럼 느끼는 증상, ‘환상통(phantom pain)’이다.

이별 과정에서도 환상통은 똑같이 나타난다. 더 오래 간다. 그이는 원래 내 몸과 하나인 듯한 사람이었다. 내 몸의 일부였다. 그게 떨어져 나갔다. 신체의 일부가 없어진 채 평생을 살아가게 된 거다. 눈에 보이지 않아서 그렇지 평생 절뚝거리며 살아야 한다. 그렇게 살 수밖에 없다. 내가 유난을 떨거나 심약해서 그런 게 아니다. 그게 정상이다.

사랑하는 사람과 급작스러운 이별을 경험한 이들은 자신의 가슴속에 돌무덤을 쌓는다. '그게 마지막인 줄 알았더라면…….'

세상 누구도 그걸 미리 알 수는 없다. 그러니 주홍글씨처럼 자기 처벌을 되풀이하는 일은 무의미하다. 누구보다 말 못하는 상처가 많고 그래서 누구보다 다독임이 필요한 사람은 바로 그런 상황 속의 당신이다. 그때 받아야 할 것은 자기 처벌이 아니라 위로다. 그이를 얼마나 사랑했는지를 가장 잘 아는 사람은 바로 당신이다. 그것으로 충분하다.

38 오늘이 '그날'

「꽃피는 날 전화를 하겠다고 했지요」 이규리

꽃피는 날 전화를 하겠다고 했지요

꽃피는 날은 여러 날인데 어느 날의 꽃이 가장 꽃다운지 헤아리다가

어영부영 놓치고 말았어요

산수유 피면 산수유 놓치고

나비꽃 피면 나비꽃 놓치고

꼭 그날을 마련하려다 풍선을 놓치고 햇볕을 놓치고

아,

전화를 하기도 전에 덜컥 당신이 세상을 뜨셨지요

모든 꽃이 다 피어나서 나를 때렸어요

죄송해요

꼭 그날이란 게 어디 있겠어요

그냥 전화를 하면 그날인 것을요

꽃은 순간 절정도 순간 우리 목숨 그런 것인데

차일피일, 내 생이 이 모양으로 흘러온 것 아니겠어요

(……)

내 말이 그 말이에요.
오늘이 '그날' 아니면 결국 그날 안 온다나 봐요.
꽃에 맞아서 온몸에 꽃멍이 들어본 경험이 있는 사람은
그게 뭔 말인지 다 알 거예요.
원래 영원한 이별의 장면에선
잘해준 건 하나도 생각 안 나고
못 해주고 안 해준 것만 생각난다잖아요.
그러니 꽃을, 바쁨을, 거리를 핑계로
그날을 미룬 이들은
이별 후에 그날밖에 무슨 생각이 더 나겠어요.
그 사람과의 좋았던 순간들을 떠올리지 못하는 것만큼
비극이 어딨나요.
전화든 편지든 문자든 대면이든 지금 바로! 롸잇나우.

39 가만히 그리움 속으로

「꽃멀미」 김충규

(……)

저승의 가장 잔혹한 유배는

자신이 살았던 이승의 시간들을 다시금

더듬어보게 하는 것일지도 몰라, 중얼거리며

이 꽃 냄새, 이 황홀한 꽃의 내장,

사후에는 기억하지 말자고

진저리를 쳤다

그게 진저리치며 결심한다고 되나요.
몸속 피 도는 속도를 조절하는 게 빠르죠.
보고 싶은 게 꽃이 아니라 사람이면
소름끼치게 다짐해도 아무 소용없어요.
이미 터진 방죽이에요. 못 막아요.
쓸개즙까지 토해내는 몸쓸 멀미처럼
그리움 다 토해놔야 그나마 진정된다나 봐요.
그러니 미리, 당겨서 걱정할 거 없어요.
너무 토해서 부대끼는 속을
편한 죽 한 그릇으로 다독이듯,
가만히 그 그리움 속으로.

40
오래 함께 있어주기

「**해당화**」 박태일

나 먼저 저승 가서 아침 둑길 따라 걷다
그대 생각나면 어이하나

섰다 서성이다 함께 머물렀던 세월에 마냥 떠돌다
나 없이 살아온 인연 나 없이 살아갈 인연 행복하라고 활짝 피라고

나 먼저 저승 가서 어느 물가
연붉은 그대 만나면.

아무리 좋은 기도 많이 해주면 뭐해.
먼저 가지 않는 것보다 더한 사랑과 덕담이 어딨어.
열다섯에 아버지를 여읜 어떤 중년이 그랬어.
세상에 돈 많은 아버지, 존경받는 아버지, 훌륭한 아버지,
자랑스러운 아버지…… 종류도 많지만
자기에게 가장 좋은 아버지는
오래 함께 있어주는 아버지라고.
얼마나 절절할까 싶어 가슴이 쿵!
하기야 그런 사랑을 놓고 먼저 간 사람 심정이야……
말해 뭐할라고.
누구 말처럼 혼자 떠난다 생각하지 말고
먼저 가서 기다린다 생각하면 조금 나을라나.

41

아무 말 없이 우는 것밖에

「북에서 온 어머님 편지」 김규동

꿈에 네가 왔더라

스물세살 때 훌쩍 떠난 네가

마흔일곱살 나그네 되어

네가 왔더라

살아생전에 만나라도 보았으면

허구한 날 근심만 하던 네가 왔더라

너는 울기만 하더라

내 무릎에 머리를 묻고

한마디 말도 없이

어린애처럼 그저 울기만 하더라

목놓아 울기만 하더라

네가 어쩌면 그처럼 여위었느냐

멀고먼 날들을 죽지 않고 살아서

네가 날 찾아 정말 왔더라

너는 내게 말하더라

다신 어머니 곁을 떠나지 않겠노라고

눈물어린 두 눈이

그렇게 말하더라 말하더라.

만일 열일곱 봄소풍 길에 나섰다가
마흔일곱 살 장년으로 꿈속에서 만난 거라면
뭘 더하겠어요, 어머니.
아직도 어머니에겐 열일곱 살일 그 아이가.
어머니 무릎에 얼굴을 묻고 우는 것밖에는요.
다신 어머니 곁을 떠나지 않겠노라
눈물 그렁한 눈으로 말하는 것밖에는요.
할 말이 그렇게 없느냐고 서운해하지 않으실 거잖아요.
어머니는 다 아실 거잖아요.
어머니도 아무 말 없이 한참을 그러고 계실 거잖아요.

42

그때 할 말을 지금부터

「귀」 장옥관

젖은 티슈 한 통 다 말아내도록

속수무책 가라앉는 몸을 번갈아 눌러대던 인턴들도 마침내 손들고

산소호흡기를 떼어내려는 순간,

스무 살 막내 동생이 제 누나 손잡고

속삭였다

"누나, 사랑해!"

사랑이라는 말,

메아리쳐 어디에 닿았던 것일까

식은 몸이 움찔,

믿기지 않아 한 번 더 속삭이니 계기판 파란 눈금이 불쑥 솟구친다

죽었는데,

시트를 끌어당겨 덮으려는데,

파란 눈금이 새파랗게 다시 치솟는 것이다

사람의 오감 중 마지막까지 남아 있는 게 청각이라지요.
어디서 그 말을 들은 후
사랑하는 이에게 마지막 인사를 전하는 자리에 있게 되면
무슨 말을 할까 자주 생각하곤 합니다.
그러다 문득 깨달았지요.
그때 할 말을 지금 그 사람 귀 가까이 대고 해주자고요.
그래서 지금 나는 그러고 있어요.
이리, 귀 가까이.

WHITE DEER – PROTECTIVE COLORING_Gold rain, 캔버스에 아크릴채색, 91X117, 2013

사랑하는 사람과 급작스러운 이별을 경험한 이들은
자신의 가슴속에 돌무덤을 쌓는다.
'그게 마지막인 줄 알았더라면…….'

세상 누구도 그걸 미리 알 수는 없다.
그이를 얼마나 사랑했는지를 가장 잘 아는 사람은
바로 당신이다.
그것으로 충분하다.

9

모두 내 마음 같길 바라면 뒤통수 맞는다

지옥의 정점은 믿었던 이에게 뒤통수를 맞았을 때다. 그만큼 충격도 크고 괴롭다. 그것 때문에 재기 불가능할 정도로 폐인 모드가 되기도 하고 앞으론 누구도 믿지 않겠다 다짐도 한다. 모든 관계에서 냉소적으로 변하기도 한다.

뒤통수 맞았다는 것을 다르게 표현하면, 나를 지지하고 이해하리라 믿어 의심치 않던 사람이 내 예상과 전혀 다른 반응을 보였다는 거다. 그런데 희한하다. 뒤통수 맞은 경험이 있느냐 물어보면 열 명 중에 열한 명이 손을 번쩍 든다.

반대로 내가 누군가의 뒤통수를 친 적이 있느냐 물으면 머뭇거리며 다른 사람의 얼굴만 쳐다본다. 예외없다. 뒤통수 맞은 사람만 있고 뒤통수 친 사람은 존재하지 않는다. 혼자서 벽 보고 고스톱을 쳐도 판돈 총액이 맞지 않는다는 노름판 농담처럼 뒤통수 맞은 경험이 그렇다.

배신한 사람은 없고 배신당한 사람만 있다

내 생각대로 상대방이 움직여주지 않으면 당황하게 되고, 그에 따른 에너지 소모가 극심해지면서 분노가 생기는데 그걸 배신이라 규정한다.

판단 착오다. 배신이란 내 입장에선 전혀 예상치 못한 일일 수도 있다. 하지만 상대 입장에서는 개연성 있는 일이다. 충분히 예상하고 준비한 일이기도 하다. 내가 미처 알지 못했을 뿐이다.

내가 누군가의 뒤통수를 친 사람으로 거론되고 있을 때를 상정하면 좀더 명확해진다. 내게 뒤통수를 맞았다 생각하는 이는 펄펄 뛰겠지만 내 입장에선 뒤통수 맞았다 펄펄 뛰는 상대방이 어이가 없다. 이걸 왜 저렇게 받아들이지. 이게 그렇게 이해하기 어려운 상황인가. 상대방이 뒤통수 맞았다고 인지하는 작금의 상황은 내 입장에선 인과응보의 결과다. 오래전부터 잉태된 일이다. 내가 그동안 꾹꾹 누르며 희생하고 있었는데 너만 모른 거다. 네 책임이다.

그러니 내가 너의 뒤통수를 쳤다는 말은 어불성설이다. 이것이 배신한 사람은 없는데 배신의 상처로 신음하는 사람은 가득한 이유다.

〈넘버3〉라는 영화에서 건달 두목은 부하들에게 자기가 하늘이 빨간색이라 그러는데 거기에 토를 달면 그게 바로 배신이라고 규정한다. 단무지 발언이지만 우리가 흔히 생각하는 뒤통수 맞았다는 배신의 개념이 적나라하게 담겨 있다.

건달 두목과 부하들 간의 삼류적 관계가 아님에도 사람들은 타인과의 관계에서 그런 배신의 규칙을 적용하려 한다. 나는 네가 아니고 내 생각은 네 생각과 다르다. 산은 산이고 물은 물인데 내 욕구나 욕망과 연결해서 상대를 본다. 그러다 보면 물이 산이 되고 산은 물이 된다. 물속에 비친 산그림자가 산이라 우기기도 한다.

의사가 될 것임을 믿어 의심치 않던 아이가 요리사가 되겠다거나 물심양면으로 키웠던 후배가 다른 회사로 가겠다는 걸 자식이나 후배에게 뒤통수 맞았다고 생각한다. 그런 생각을 하는 한 지옥은 도처에 널려 있다. 모든 관계가 순식간에 지옥으로 변할 수 있다. 뒤통수 맞았다는 게 내 판단 착오일 수도 있다는 사실을 알기만 해도, 상대방이 내 뜻대로 움직이는 자동인형이 아닌 독립적 욕구나 자신만의 판단과 선택을 할 수 있는 개별적 존재라는 사실을 알기만 해도, 지옥은 줄어든다.

여기까지 읽고 보니 왠지 배반당한 느낌이 들 수도 있다. 박근

혜최순실 게이트처럼 세상이 철저하게 내 뒤통수를 갈긴 경우에도 내 판단 착오라고만 결론내면 얼마나 억울한가. 이 사안에서 나는 정말 아무 잘못도 없고 위로받아야 할 존재인 거 같은데. 맞다. 아무 잘못 없다.

길을 걷는데 아무 조짐도 없이 뒤에서 벽돌로 머리를 까면 무슨 수로 피하나. 그런 퍽치기를 소통이라고 믿는 인간들하곤 상종을 안 하는 게 정답이다. 어쩌다 보니 관계가 생겼다면 이것저것 재지 말고 하루빨리 거래를 끊는 게 사는 길이다. 전광석화처럼.

'너답지 않게' 덫에 걸리지 마라

사람들의 기대를 배반해야 내 삶이 편안해지는 때가 있다. 경험칙상 살이의 많은 경우에서 그렇다. 배반이란 단어 때문에 이래도 되나 쭈뼛거릴 수 있지만 사람들의 기대를 배반할 수 있어야 잘 산다.

나를 아는 사람들의 기대가 어떤지를 알면서도 그에 반할 수 있다는 건 혁명에 가까운 용기다. 심리적 능력이다. 과장인가. 아니다.

사람들에게 심리적 올가미로 작용하는 말 중 가장 강력한 것은 '너답지 않게 왜 이래'다. '너답지 않게' 덫에 제대로 걸리면, 맹수도 서서히 죽어가게 만드는 올무처럼 사람을 잡는다.

'너답지 않게' 그 말에 속으론 '꼭 그런 건 아닌데' 반항하기도 하지만 겉으론 순응하는 경우가 대부분이다. 그런 게 원만한 관계라고 여겨서다. 그러다 어느 순간 '나답다는 게 도대체 뭔데'로 울부짖듯 폭발한다. 드라마에서 '착한 사람 코스프레' 주인공이 꼭 한 번은 내뱉는 대사다. 일종의 드라마 클리셰다. 그런 상황이 누적되다 보면 누구든 그런 감정 폭발이 일어날 수밖에 없다는 증거다.

이런 경우 상대방의 리액션도 뻔하다. 어떻게 네가 나한테 이럴 수 있어. 느닷없이 뒤통수 맞았다 생각하겠지만, 물론 틀렸다. 그건 나를 너의 편의에 맞춰 재단하려는 너의 생각일 뿐이다. 내가 거기에 맞춰야 할 하등의 이유가 없다.

'너답지 않게' 덫에 걸리지 말아야 나답게 살 수 있다. '너답지 않게 왜 이래'라는 말 나오면 무조건 뒤통수를 때려라. 그런 뻔한 기대를 배신할 수 있어야 잘 산다.

43
조율이 필요한 이유

「성욕」 박용하

1

수줍음과 난폭함이
늘 양날의 칼처럼 맞대고 있다
평생 동안 시도 때도 없이 출몰하며
귀하다고도 천하다고도 할 수 없는
우리들 우글거리는 모든 악의 원천!
지상이고 천상인 그대는
노래 없는 얼굴로 나타나
늘 정체 모를 시간과 함께
삶의 의젓한 얼굴을 급습하는구려

2

말은 통하는데 몸은 안 통한다
비애다
말은 안 통하는데 몸은 통한다
그것도 비애다
말도 안 통하고 몸도 안 통한다
비애도 그런 비애가 없다

원래 뭐든 안 맞는 게 정상이죠.
너무 잘 맞아서 만장일치로 결정되면
무효로 처리하는 공동체도 있다잖아요.
몸 통하면 짜릿하죠. 말 통하면 편안하죠.
하나라도 통하면 좋지만
현실은, 말도 안 통하고 몸도 안 통하는데
그거 통하게 조율하는 과정이죠.
말도 통하고 몸도 통하는 관계는
로또 1등만큼 비현실적이에요.
다 맞길 바라니까 맨날 뒤통수 맞는 거 같죠.

44

꿈에도 몰랐다

「**멸치**」 김기택

굳어지기 전까지 저 딱딱한 것들은 물결이었다
파도와 해일이 쉬고 있는 바닷속
지느러미의 물결 사이에 끼어
유유히 흘러다니던 무수한 갈래의 길이었다
그물이 물결 속에서 멸치들을 떼어냈던 것이다
햇빛의 꼿꼿한 직선들 틈에 끼이자마자
부드러운 물결은 팔딱거리다 길을 잃었을 것이다
바람과 햇볕이 달라붙어 물기를 빨아들이는 동안
바다의 무늬는 뼈다귀처럼 남아
멸치의 등과 지느러미 위에서 딱딱하게 굳어갔던 것이다
모래 더미처럼 길거리에 쌓이고
건어물집의 푸석한 공기에 풀리다가
기름에 튀겨지고 접시에 담겨졌던 것이다
지금 젓가락 끝에 깍두기처럼 딱딱하게 집히는 이 멸치에는
두껍고 뻣뻣한 공기를 뚫고 흘러가는
바다가 있다 그 바다에는 아직도
지느러미가 있고 지느러미를 흔드는 물결이 있다
이 작은 물결이
지금도 멸치의 몸통을 뒤틀고 있는 이 작은 무늬가
파도를 만들고 해일을 부르고
고깃배를 부수고 그물을 찢었던 것이다

세상에나, 멸치가 그렇다는 거야.
깜놀이지?
뼈대 있는 집안의 후손이라는 농담을 가끔 했지만
저런 정도일 줄 꿈에도 몰랐어.
파도를 만들고 해일을 부르고
고깃배를 부수고 그물을 찢었던,
기상이 넘치는 속도 모르고 걸핏하면 멸치 주제에, 그랬네.
그렇게 얕봤으면 뒤통수 맞는 게 당연하지.
멸치 입장에서 보면 자신의 진가를 모르는 사람에게
선빵으로 뒤통수 맞았다 생각할 테니.
동일한 사람을 학생, 시간강사, 교수로 달리 소개하면
그에 따라 키를 다르게 추정한다는 실험도 있잖아.
누구나 예상하는 대로,
교수로 소개했을 때 가장 키가 큰 사람으로 본다는군.
그런 현상에서 자유로운 사람 별로 없을걸.
외형에 집중하면 넘겨짚게 되고
넘겨짚으면 십중팔구는 뒤통수 맞는 상황이 오는 거라.

45 우수리의 아름다움

「아, 출렁거리는 생머리의 저 아가씨」 상희구

외부노출형으로 된 엘리베이터를 타고
급히 죽전역 승강장을 오르는데
유리벽 너머 저켠에서 한 아가씨가
차를 놓칠세라 힘차게 달려오고 있었는데
아, 저 아가씨, 탐스러운 길다란 생머리가
온통 출렁거리고 있었는데, 이런 식의,
출렁거림의, 역동성의 아름다움이란 생전
처음이었는데, 정말 숨이 막힐 지경이었다.
조물주가 저 아가씨의 몸을 만들 때는
이런 우수리의 아름다움 같은 건 계산에
넣지 않았을 것이다.
세상에는 때로 본체보다
본체에서 비롯하는 파생작품이 더 아름다울
때가 있다.

아유. 얼마나 생생한지 아가씨와 함께 뛰는 것처럼
내가 다 숨이 차더라니까.
호날두의 중거리 슛 골인 장면을
골대 뒤 그물 출렁하는 시점에서 본 것처럼 막 흥분도 되고.
한쪽 시각만 고집하면
보지 못할 삶의 의외성들이 있는 거라.
진짜 삶은 그런 우수리의 아름다움에 있다나 봐.
너무나 뜻밖의 사람에게 뒤통수를 맞아서 기우뚱할 때,
내가 미처 몰랐던 우수리의 아름다움을 접할 때처럼
내 삶의 관점을 리세팅할 수 있는
계기도 될 수 있다 말하면
긍정심리학을 설파하는 처세학 강사 같으려나.
난 우수리의 의외성을 볼 때마다
뒤통수의 의외성이 생각나곤 하던데.

46
적이자 동지 같은 사람

「**남편**」 문정희

아버지도 아니고 오빠도 아닌
아버지와 오빠 사이의 촌수쯤 되는 남자
내게 잠 못 이루는 연애가 생기면
제일 먼저 의논하고 물어보고 싶다가도
아차, 다 되어도 이것만은 안 되지 하고
돌아누워 버리는
세상에서 제일 가깝고도 제일 먼 남자
이 무슨 원수인가 싶을 때도 있지만
지구를 다 돌아다녀도
내가 낳은 새끼들을 제일로 사랑하는 남자는
이 남자일 것 같아
다시금 오늘도 저녁을 짓는다
그러고 보니 밥을 나와 함께
가장 많이 먹은 남자
전쟁을 가장 많이 가르쳐 준 남자

내 편과 다름없는데 남의 편이라니 참 어려워요.
양손잡이 같기도 수륙양용 같기도 하고,
적이자 동지 같은 상대예요.
'제일 먼저 의논하려다가 아차, 이건 안 되지' 대목에서
기분좋게 뒤통수 맞은 기분이지 뭐예요.
어떤 이는 내게 제일 가까운 동시에
제일 먼 상대가 되나 봐요.
'전쟁을 가장 많이 가르쳐 준 남자'라는 표현에
목 부러질 듯 끄덕이던 25년차 주부가
편안한 얼굴로 말하더군요.
그래서 평화의 의미를 누구보다 잘 알게 되었다고요.
진심이라 믿어버렸네요.

47

안다고 착각할 뿐

「**동화(童話)**」 이진명

저 밤하늘의 은하물이 동화처럼 흘러갈 적
지상에서는 내 주위로
거짓과 회피와 적반하장의 미개한 성인소설이 써졌다
모르쇠와 기억 안 남, 질환 수준의 내숭과 왜곡이
얽히고설킨 성인남녀 물밑 쟁투의 교언들이

저 밤하늘의 은하물이 물망초 눈망울처럼 흘러갈 적
육십 먹은 한 여자 소설가는 내게 소리쳤다
내가 글 쓰는 사람이야 내가 왜 니 그 말뜻을 몰라
그는 소설가여서 글 쓰는 사람이고
나는 시인일 뿐으로 글 쓰는 사람이 아니어서
생각이 없어서 그런 말을 한 나이 아래인 것이 되었다

저 밤하늘을 오래 흘러가는 은하물
옛적 격조 있고 고요했던 반가사유의 왕국이 멸망할 때
왕국과 소멸을 같이하고자 백마의 강에 몸을 던졌다는
삼천 어린 궁중 아씨들의 파르스름한 넋
그때 나이 아래인 것인 나는 입이 없어
생각이 있었던 그 말을 그 밤 은하에 묻었다
시도 소설도 우스워 동화로 썼다

별은 별들 속에서 넋처럼 반짝이며 살아야 한다고
표현할 길 없는 반가사유 왕국의 마지막 왕의 얼굴 떠올리며

내가 글 쓰고, 나이 많고, 돈 많이 벌고, 많이 배우고,
유명하고, 권력 빵빵한 사람인데 그걸 왜 모르겠냐고요?
모르던걸요. 안다고 착각하는 거죠. 그뿐이에요.
평생 남의 뒤통수 후려갈기면서도
아무 문제없이 살 줄 알았을 테지만 천만에요.
촛불 들고 광장에 나온 시민들을 보고
'깜짝 놀랐다'는 권력자들이 많았다면서요.
국민이 위임해 준 권력을 대통령이 양아치 두목처럼
제 맘대로 나눠 사용했다는 걸 알고 얼마나 놀랐게요.
국민의 입장에선 처절하게 뒤통수 맞은 거죠.
그런데 그렇게 놀라고 분노하는 국민들에게
뒤통수 맞은 것처럼 억울해하는 대통령을 보고 기막혔네요.
입이 없고 생각이 없어서 가만히 있었던 게 아니라는 걸
죽기 전에 꼭 알게 되는 게 살이[生]의 법칙이던걸요.
예외 없더라고요.

WHITE DEER - PROTECTIVE COLORING_Decalcomanie,
캔버스에 아크릴채색, 73X91, 2015

산은 산이고 물은 물인데
내 욕구나 욕망과 연결해서 상대를 본다.
그러다 보면 물이 산이 되고 산은 물이 된다.
물속에 비친 산그림자가 산이라 우기기도 한다.

10

억울함이 존재를 상하게 할 때

'버선목이라 (오장을) 뒤집어 보일 수도 없고'라는 속담성 하소연은 들을 때마다 고개를 끄덕이게 된다(일단 정치인, 권력자, 재벌들은 빼고). 얼마나 답답하면 저런 말이 나올까. 모함, 오해, 누명이란 단어들은 '억울하다'는 상태로 연결되고 그것들은 곧바로 '지옥'이라는 단어로 환치된다.

누명을 쓰고 옥살이를 하는 이들의 공통된 증상 중 하나는 이가 상한다는 것이다. 너무 억울하고 분해 이를 악물어서 그렇다. 머리도 새하얗게 변한다. 가슴이 뻐근하거나 두근거려서 잠을 자지 못한다. 눈에도 늘 열이 올라와 벌겋다.

억울함이란 단어는 죽음과 가깝다. 그만큼 파괴적이다. 어떻게 해볼 도리가 없다는 데 생각이 미치면 아득하다는 것 외에는 답이 없다.

사형이 집행된 후에야 진범이 잡혀서 무죄로 밝혀진 사형수들이 있다. 마지막까지 무죄를 주장했지만 그럴수록 죄를 뉘우치지 않는 악착같은 사람, '개전의 정이 없는' 파렴치한으로 낙인 찍혔을 것이다. 그렇게 강제로 생을 마감하는 순간의 억울한 심정을 떠올릴 때마다 항문 끝이 저릿하다.

40년 전 여중생이었던 어떤 이는 그 시절을 떠올릴 때마다 가슴이 답답하다고 했다. 교실 내에 도난사건이 빈번할 때였는데 어떤 이유였는지 사람들이 자기를 범인으로 지목하고 있다는 걸 시간이 지나고야 알았단다. 친구들이 노골적으로 따돌림하고 이상한 눈으로 본 이유를 나중에 알았을 때의 그 참담함이라니. 지금도 그때의 친구들과는 만나지를 못한단다. 아직도 그들의 기억 속엔 자신이 범인으로 남아 있을 걸 생각하면 끔찍하다.

일베 수준의 막말이라고 할 만한 괴소문의 진원지를 사람들이 자신으로 알고 있다는 사실을 반년이나 지난 후에 우연히 알아버린 시민운동가는 집밖으로 외출조차 하지 못한다고 했다. 그게 아니라는 유서를 써놓고 죽어서라도 자신의 결백을 밝히고 싶다며 울먹였다.

극단의 사례들인데 듣다 보면 '나도 그런 경험 있다' '나도 그렇게 억울한 사람 아는데'라는 고백이 남자들이 군대에서 축구한 얘기만큼 흔하게 이어진다. 그건 곧 지금 이 순간에도 억울함의 지옥을 경험하는 사람들이 그 정도로 많다는 반증이다.

충고나 조언은 거두고, 다만 들어주라

억울한 사람의 얘기는 무조건 들어줘야 한다. 시시비비 가리자고 하면 안 된다. 옆에서 논리적으로 판단하려고 해서도 안 된다. 그런 억울한 얘기를 자초했을지도 모를 그의 행실에 대해 성찰하도록 조언해서는 더 안 된다. 그런 얘기는 그 사람을 백만 배쯤 더 억울하게 만드는 것 외에 아무것도 아니다.

프란치스코 교황님이 좋은 팁을 주셨다. '고통받는 이를 위로할 때는 논리적인 이유를 찾지 말고 침묵 가운데 함께해야 한다'고 했다. 논리적인 이유를 찾는 행동은 '도움은 되지 않으면서 나쁜 결과를 만든다'고도 했다. 억울한 사람에게는 특히 더 그렇다.

깊은 억울함은 어떤 손해나 대가도 감수하도록 만든다. 내가 손해날 걸 뻔히 알면서도 풀어지지 않는 응어리 때문에 끝까지 간다. 그래서 억울한 이들은 상처가 더 깊어진다.

억울한 경우를 당했는데 팔팔 뛰기까지 하는 사람은 전에 곁에서 누가 되먹지 않은 충고를 했을 가능성이 크다. 걱정한답시고 "앞으론 네가 이런 건 조심하는 게 좋겠다" 따위의 충고나 조언은 사람을 결정적으로 꺾이게 만든다. 빗길 교통사고로 골절상을 입고

사고처리 중인데 트럭이 돌진해서 2차로 치명상을 입히는 격이다.

조언이나 충고는 절대 금물이다. 충고나 조언, 시시비비말곤 할 말이 없다면 입을 닫는 게 맞다. 억울함을 가장해서 자기 잇속을 채우거나 치부를 가리려는 사람이 있으면 어쩔 거냐는 오지랖 걱정은 그야말로 기우다. 사람에게는 무의식적 건강성이 있어서 그 정도는 알아차린다.

함께 펄펄 뛰어줄 사람이 필요하다

일단 무엇이 어떻게 억울한지 물어라. 자신이 얼마나 억울한지를 토로할 수 있어야 최소한 숨을 쉴 수가 있다. 그럴 기회를 줘야 한다. 최소 단위에서라도 내 얘기를 하고 공감받는 과정이 필요하다. 그게 사실이 아니라는 사실을 받아들여주는 사람, 함께 펄펄 뛰어줄 사람이 필요하다. 그러면 사람은 스스로 해결책을 찾아가기 시작한다.

억울한 일을 당하고도 마음 정리를 제대로 못하면 사람과 세상에 대한 시각이 영영 비틀린다. 인간이란 존재, 자신이 살고 있는 세상에 대해 전반적으로 냉소적이 된다. 자동적으로 의심하고 불신하게 된다. 다른 사람이 보면 성격이 뒤틀리고 까칠한 사람이라는 느낌만 남게 되니 서서히 고립된다. 타인에 의한 배제이기도 하고 셀프 고립인 경우도 있다. 그래서 지옥이다.

곁에 억울하다 호소하는 사람이 있으면 무조건 들어주라. 그리고 물어라. 살다 보면 아니 뗀 굴뚝에서도 연기 많이 난다.

지난 시절, 이 땅에선 무고한 사람에게 빨갱이 딱지 붙여놓고 억울하다 호소하면 '죄가 없다는 걸 네가 우리에게 증명해 보라' 요구했다. 고문에 의한 조작간첩 피해자 선생님들의 재심 무죄 과정이 그랬다. 무죄를 받기까지 수십 년 세월 동안 조작간첩 피해자들의 삶은 깡그리 파괴됐다. 그나마 그들의 억울함에 귀 기울이고 맞장구쳐준 공감자들이 있어서 죽지 않고 살아남아 오늘이 왔다. 억울함은 모든 걸 파괴한다.

억울한 이의 말에 무조건 귀 기울이는 일은 응급실 의사가 사람의 생명을 구하는 일과 맞먹는다. 그런 일을 마다할 이유가 도대체 뭐가 있을지 나는 모르겠다.

48
난 확실히 아닌데

「사라졌다」 정영효

많은 게 사라졌고
비로소 그 사실을 알게 되었다

수만 년 된 해변이 점차 사라졌고
여태까지 산책하던 거리가 하루아침에 사라졌다

갑작스럽게 떠도는 풍문이 사라지면
풍문이 없어진 확실한 이유도 사라졌다

(……)

킬러콘텐츠라는 게 있듯
사람을 결정적으로 환장하게 만드는 건
확실한 이유 없음이죠.
난 확실히 아닌데,
내 손에 피묻은 칼이 쥐어져 있는 풍문을
난들 어찌 설명하나요.
그런데 세상에나.
풍문이 사라지고
풍문이 사라진 확실한 이유도 사라졌다네요.
아무 일도 없었다는 듯 다들 천연덕스러운데,
나만 손에 피묻은 칼을 아직도 쥐고 있으면 어찌 사나요.
누군들 그런 상황을 감당할 수 있겠어요.

49

억울함의 내력은 지워지지 않는다

「부활의 봄—불칸낭 앞에서」 김영란

4.3 때 온 마을 불탄 선흘리에 가면

불에 타도 죽지 않은 팽나무 한 그루

숯덩이 가슴을 안고 지금도 살아 있다

질기게 살아남은 목숨 더욱 아프다

세월에 불연소된 뭉툭한 상처자국이

반역의 한 생을 돌아 시퍼렇게 눈을 뜬다

'불에 탄 나무'라는 뜻의 불칸낭이란 제주말이
수직하강하는 매처럼 통증으로 내리 꽂히는 느낌입니다.
제주 할망 같은 시조의 운율 속에
억울함의 내력이 석류알처럼 박혀 있어서
가슴이 서늘해지더군요.
얼마나 억울하고 얼마나 원통했을까요.
70여 년이 지나도 그 흔적이 생생하잖아요.
시퍼렇게 눈을 뜬다는 게 그런 것이려나요.
억울함은 죽음으로도 해결이 안 돼요.
그러니 사람을 억울하게 하는 건 대역죄랄 수밖에요.

50
아무도 나를 믿어주지 않을 때

「**어머니, 지독한**」 김선태

대학 시절 지독한 열병을 앓은 적이 있다
조금만 움직여도 내장이 파열되는지라
면도도 세수도 머리도 감지 못한 채
한 달간 병원에서 꼼짝없이 누워 있었다
한끼에 미음 한 숟가락씩만 먹었던 나는
퇴원 때 깡마르고 험상궂은 반란군이었다

몸을 회복시키기 위해 칠순 어머니는
고향집에서 기르던 개를 손수 잡으셨다
당신을 그렇게 좋아라 따르던 황구였다
독하게 마음먹고 밧줄로 목을 조른 뒤
지게에 지고 개울가에 나가 해체했다 그때
나는 어머니가 지독하다는 걸 처음 알았다

날마다 어머니는 개고기를 끓여 먹이셨다
그때마다 나는 죽은 황구를 생각했다
그로부터 달포쯤 지난 어느 날이던가
황구가 온전히 내 몸 안으로 들어왔다
그 힘으로 서서히 몸을 일으켜세운 나는
다시 세상을 향해 컹컹 짖기 시작했다

개고기 식용 논쟁.
이런 건 하나도 생각 안 나고, 생각하고 싶지도 않고,
모성애 이런 단어에 갇히고 싶지도 않고
'지독한'이란 단어만 꽂히더군요.
세상이 아무도 나를 믿어주지 않고
내가 불법쓰레기처럼 버려졌다 느낄 땐
그런 논쟁 바깥의 지독함만이 사람을 살려요.
그제, 자식을 위해 비슷한 일을 하고 있는 어떤 어머니가
지금 얼마나 무섭고 고통스러운지 신음처럼 내뱉는
은밀한 속마음을 듣다가 함께 울었네요.
지금 세상을 향한 내 컹컹 짖음은
어떤 음덕의 결과일까 생각했습니다.

51

똑같이 화살을 맞아봐야

「화살」 고형렬

세상은 조용한데 누가 쏘았는지 모를 화살 하나가 책상 위에 떨어져 있다.

누가 나에게 화살을 쏜 것일까. 내가 무엇을 잘못한 것일까.

화살은 단단하고 짧고 검고 작았다. 새 깃털 끝에 촉은 검은 쇠. 인간의 몸엔 얼마든지 박힐 것 같다.

나는 화살을 들고 서서 어떤 알지 못할 슬픔에 잠긴다.

심장에 박히는 닭똥만한 촉이 무서워진다. 숨이 막히고 심장이 아파왔다.

—혹 이것은 사람들이 대개, 장난삼아 하늘로 쏘는 화살이, 내 책상에 잘못 떨어진 것인지도 몰라!

듣자마자 고개를 끄덕이며 '지금 내 책상에도 그런 화살 하나 있어' 할 사람 천지일 건데,
희한하게도 화살을 쏘았다는 사람은 없는 거라.
웃자고 한 농담에 죽자고 달려드는 수준이 아니라
죽이려고 작정한 독화살 장난질인데
걸리면 왜 정색하고 이러느냐며
외려 눈 흘기니 팔팔 뛸 일이지.
팔짝 뛰다가 인간으로 치면 수십 층 빌딩 높이만큼
뛰어오른다는 벼룩들 점프 대회 나가게 생겼어.
그러다 죽기도 해.
그런데도 똑같이 그런 화살 맞아봐야
그때서야 '이거였구나' 가슴을 치니
대책 없어라, 관계여.

52

내 뒤를 따라주는 발걸음

「**진경(珍景)**」 손세실리아

북한산 백화사 굽잇길

오랜 노역으로 활처럼 휜 등
명아주 지팡이에 떠받치고
무쇠 걸음 중인 노파 뒤를
발목 잘린 유기견이
묵묵히 따르고 있습니다

가쁜 생의 고비
혼자 건너게 할 수 없다며
눈에 밟힌다며

절룩절룩
쩔뚝쩔뚝

가히 진경(眞境)이라.

읽을 때마다 얼마나 위안이 되는지 몰라.

내가 숨가쁠 때

누군가 뒤따르고 있겠거니 생각하면 얼마나 힘나게.

굳이 뒤돌아보지 않아도.

내 마음이 버선목이었으면 얼마나 후련할까 하는 상황일 때

절룩거리며 묵묵히 내 뒤를 따라주는

누군가의 발걸음은 생명의 동아줄, 그거야.

누군가 억울할 때

그 맘을 들어주고 '니가 옳다' 다독여주는 일은

그래서 생명을 구하는 일이라니까. 축복 받아 마땅한.

53 나를 상처내지 못합니다

「칼산 불바다를 통과하는 중인 내 소중한 사람들에게」 노혜경

유리 호롱 속에 켜진 황촉불처럼 우리는 환합니다
어떤 화살도 우리를 꿰뚫지 못합니다
그들의 과녁은 애초에 틀렸습니다
그들은 상한 새를 향해 활을 쏩니다 그러나 우리는 질주하는 표범입니다
그들은 시든 꽃을 따려고 합니다 그러나 우리는 비상하는 민들렙니다
그들은 우리가 누구인지 알지 못합니다
그들은 자신의 거울과 싸우면서 그것이 우리라고 생각합니다
그러나 이 싸움이 끝나면 그들도 알게 될 것입니다
푸른 지구에서 태어나 밝은 별 아래 살아가는 사람들이 더 많다는 것을

질주하는 표범인데 상한 새를 겨누듯 하고,
비상하는 민들렌데 시든 꽃을 따듯 게으르게 손을 내밀고.
다른 사람을 맞춘다면서 거울 속의 자기를 보고 활을 쏴대니
자기가 다시 맞을 수밖에요.
다른 사람을 억울하게 하는 이들의 행태들은 늘 그래요.
그래서 나를 억울하게 하는 사람들은
궁극적으론 나를 상처내지 못합니다.
잠시만 잘 견디면 돼요.
그게 싸움이라면 무조건 이길 예정이 되어 있는 싸움이에요.
난독증이라고 흉 잡힐 거 알지만, 이 시의 제목을 읽을 때마다
지금 억울함의 터널에서 칼이라도 물고 싶은 벗들에게 전
하는 시인의 다정한 다독거림인 듯해서 저릿해요.
찢어질 듯 억울해 봤던 사람은
그게 무슨 말인지 금방 알 거예요.
대신 통역해서 전해요.

〈칼산 억울함의 터널을 통과하는 중인 내 소중한 벗에게〉
'유리 호롱 속에 켜진 황촉불처럼 우리는 환합니다
어떤 화살도 우리를 꿰뚫지 못합니다.'

11

상상 속에서는 어떤 증오도 무죄

하도 이를 악물어서 턱관절에 이상이 생겼고 아침에 눈을 뜨면 자기도 모르게 그 사람 욕부터 나온다고 했다. 극단적인 방법으로 해코지 하는 상상을 하다가 자기도 깜짝 놀란다고 했다. 밤이면 칼을 품고 잔다는 한 청년의 사연이다.

그는 군대에 있을 때 고참에게 오랫동안 가혹행위를 당했다. 그 후유증으로 외출마저 힘겹다고 했다. 그래서 언젠가는 그 악마 같은 고참을 집 앞에서 기다리다가 죽이고 싶다고 했다. 그가 당한 일을 들어보면 충분히 그럴 만하다. 그런 일을 겪었다면 나도 그랬을 거라고 얘기해 준 적도 있다.

어떤 일을 당해서 누군가를 '사무치게 미워하게' 되는 경우가 있다. 많이 미워하나 보다 정도로 이해할 수 있지만, 사무치게 미워함이 '증오'라는 말의 사전적 정의라는 사실을 알면 왠지 섬뜩해진다. 증오는 인간이 인간에게 품을 수 있는 극단의 악감정이다.

그래서 내가 누군가에게 증오에 가까운 감정을 가지게 되면 본인도 당황한다. 내가 이렇게까지 나쁜 인간인가. 정상이 아니야. 인간의 밑바닥까지 추락하는구나 한탄한다.

그런데 살다 보면 내가 그 감정을 원하지 않았음에도 증오의 감정에 휩싸이는 때가 있다. 그 감정의 실체를 인정하는 순간 자신이 무서워지고 바닥으로 추락하는 것 같아 갈등이 극에 달한다. 증오는 순식간에 사람을 지옥으로 떨어뜨리는 감정인 동시에 가장 처리가 까다로운 감정이다.

이런 때 지옥을 탈출하는 핵심은 생각과 행동은 다르다는 것을 아는 것이다. 생각은 어떤 경우에도 무죄다. 더 정확하게 말하면 행동으로 옮기지 않는 모든 생각은 무죄다. 그 지랄맞은 부장이 암에 걸려서 죽어버렸으면 좋겠어. 잘 드는 칼이 있다면 내 몸을 더듬던 그 손을 싹둑 썰어버리고 싶어.

그러다가 화들짝 놀랄 필요 없다. 단지 어떤 생각을 했다는 이유만으로 자기를 힐책하거나 이중적이라 고민할 필요가 없다는 말이다.

죽이고 싶을 만큼 고통스러울 때

태산 같은 고통 앞에선 누구나 당황스럽고 무기력하고 혼란스럽다. 분노를 조절할 수 없고 누군가를 죽이고 싶고 내가 미쳐가는 것 같은 감정은, 정상이다. 지극히 비정상적인 상황을 만났을 때 그에 대한 비정상적인 리액션은 정상이라는 의미다. 그걸 알아차리는 게 중요하다.

증오의 감정 중 가장 많은 건 '죽이고 싶다'는 마음이다. 그런 생각이 들면 당황한다. 누굴 계속 죽이고 싶다는 건 정상적이 아니라는 생각이 맴돈다. 내가 미쳐가고 있나. 서서히 무너져가고 있구나. 자신이 두렵고 바닥까지 무너지고 있다는 느낌에 자기혐오의 감정이 가세한다.

결론부터 말하면 상상 속에선 천 명을 죽여도 무죄다. 괜찮다. 죽이고 싶다는 말은 '죽이겠다'는 마음의 표출이 아니다. 누군가를 죽이고 싶을 만큼 지금 내 마음이 지옥이라는 거다. 죽을 만큼 내가 고통스럽다는 말이다. 그 말귀를 알아듣는 사람이 있으면 그 마음은 거기서 끝난다. 증오감정을 마음껏 토로하고 공감받으면 증오 생각은 눈녹듯 사라진다.

그런데 자꾸 죽이고 싶다는 말의 현상적 의미에만 압도되면 그 이면의 진짜 속마음은 소외된다.

증오는 진정한 공감을 통해 소멸된다

이런 혐오적 감정(죽이고 싶다, 죽이겠다……)은 가까운 사람에게도 공감받기 어렵다. 듣는 사람도 그런 증오의 감정을 접하면 어찌할 바를 모른다. 그 말을 하는 이가 그만큼 고통스럽다는 말인데 그건 제쳐놓고 현상에만 집착하니 더 꼬인다. 그래서 그런 생각이나 증오의 감정을 말리려 든다. 다른 생각 쪽으로 그를 돌려놔야 한다는 책임감과 그러지 못하면 더 끔찍한 일이 벌어질 것 같은 두려움에 초조해한다.

그런 반응이 예상될 때 결국 자기의 고통을 털어놓지 못한다. 상대편의 반응을 보고 자기가 지금 정말로 잘못돼 가고 있구나 확신하게 된다. 그 순간이 진짜 지옥이다.

내 속에 유황불 같은 고통이 있는 거다. 증오를 말해도 된다. 증오도 슬픔이나 불안처럼 말해도 되는 감정이다. 인간이 가지고 있는

지극히 보편적이고 정상적인 감정이다. 스스로에게 그것을 허용할 수 있다면 용감하고 유능한 인간이다. 심리적으로 마지막 단계의 용기라 할 만하다.

마찬가지로 그런 증오의 감정을 들어주는 사람도 용자(勇者)다. 눈물과 고통은 들어줄 수 있는 개연성 있는 감정이라 여기지만 증오의 감정은 그러기 어렵다. 듣기 이전에 판단하기 때문이다. 옳지 않은 일이라는 판단 때문에 그 감정을 들어주기 어렵고 그래서 그 감정은 출구를 찾기 어렵다.

위기에 처한 사람에게 가장 도움이 되는 것은 이런 증오의 감정을 섬세하게 들어주는 일이다. 누가 이런 증오의 말을 토로할 때 그걸 잘 들어주는 이는 확실한 용자인 동시에 복 받는다. 보증한다.

54 외면하고 싶은 순간들

「저녁 식사 취소」 손태연

우럭 한 마리를 도마 위로 올리는 순간
들고 있던 부엌칼이 잠시 멈칫했다
가시를 바싹 세운 검은 우럭이
번쩍 든 식칼을 노려보다가
나랑 눈이 맞았다

에라, 네 말 나는 못 들었다
그 눈 외면한 채 냉동실로 보낸다

연포탕 메뉴가 걸린 저녁 식탁
낙지가 든 물 봉지를 가위로 자르니
산 낙지가 그릇 속으로 긴 다리를 풀어낸다

하, 고놈들 눈이나 감고 있지
짱짱하게 발가락 붙이고 일어서 노려보며
벌벌 떠는 내 겁을 읽고 있는 것이다

(……)

살다 보면 그렇게 난감하고 황망해서
외면하고 싶은 순간들이 있지요.
직면하기가 고통스럽고
그 생각을 하다 보면 나쁜 사람인 거 같아서
괜히 안절부절하게 되고 생각도 진행이 잘 안 되죠.
그런데 그 흉한 생각은 계속 나는 거예요.
그럴 땐 내가 그 감정들과 얼마나 힘들게 맞서고 있는 줄
알아주는 게 중요해요.
그게 얼마나 용기가 필요한 일인지를 깨닫는 게 필요해요.
그게 정상적인 감정이란 걸 알아주면
취소도 자연스러워져요.

55

내 마음이 지옥이라는 신호

「오, 바틀비」 김소연

모두가 천만다행으로 불행해질 때까지 잘 살아보자던 맹세가 흙마당에서 만개해요, 사월의 마지막 날은 한나절이 덤으로 주어진 괴상한 날이에요, 모두가 공평무사하게 불행해질 때까지 어떻게든 날아보자던 나비들이 날개를 접고 고요히 죽음을 기다리는 봄날이에요, 저것들을 보세요, 금잔화며 양귀비며 데이지까지 모두가, 아니오, 아니오, 고개를 가로저으며 하루를 견뎌요, 모두가 아름답게 불행해질 때까지 모두가 눈물겹게 불행해질 때까지, 온 세상 나비들은 꽃들의 필경사예요, 살아 있는 모든 것들이 한꺼번에 몰아쉬는 한숨으로 겨우 봄바람이 일어요, 낮달이 허연 구멍처럼 하늘에 걸려요, 구멍의 바깥이 오히려 다정해요, 반나절이 덤으로 배달된 괴상한 날이에요, 모두가 대동단결하여 불행해질 때까지 시들지 않겠다며 꽃잎들은 꽃자루를 꼭 붙든 채 조화처럼 냉정하구요, 모두가 완전무결하게 불행해질 때까지 지는 해는 어금니를 꽉꽉 깨물어요,

역설이지만, 증오의 감정 단계까지 간 이에겐
모두 함께 불행해지자는 그게 정상적인 마음이에요.
'모두가 공평무사하게 불행해질 때까지,
모두가 눈물겹게 불행해질 때까지,
모두가 대동단결하여 불행해질 때까지,
모두가 완전무결하게 불행해질 때까지.'
그런 마음 먹는대도 아무 문제없어요.
꼭 그렇게 될 거라고 격려와 지지까지 해주면 더 좋죠.
그런 마음이 있다는 걸 얘기 못하는 게 문제지
지금 내 마음이 그렇게 지옥이라는데
그게 무슨 문제예요.

56
아무도 내 생각 들여다보지 않는다

「시창작연습 1」 이성복

(……)

나는 우리 집 방바닥이 계단처럼

여러 칸이었으면 좋겠다

첫번째 계단에는 결혼하기 전

알던 여자를 눕히고

그 바로 위 계단에는 그녀가

낳아보지 못한 내 아이를 누이고 싶다

눕기 싫다고 아이가 앙탈하면

내가 대신 기저귀 차고 드러눕고 싶다

아니면, 피로에 지친 암캐미처럼

나 혼자라도 알 까고 싶다

그리고 문득 눈 감으면

그 모든 계단들이 부채살처럼 접혀

아무도 내 생각 들여다보지 말았으면 좋겠다

생각인데 뭘 못해.
내 생각에까지 '일해라 절해라'
그것도 잘못된 훈수질하면 살 수 없지.
그것까지 자기 입맛에 맞추자고 하면 어째.
아무도 내 생각 들여다보지 않는다 생각하면
얼마나 신나게.
얼마나 새처럼 자유로워지게.
이성복 시인은 거의 새에 가까운 존재인가 봐.
더 어떻게 자유롭겠어.
'시인들의 스승'이라 불린다는 게 괜한 말이 아닌가 봐.

57
소리조차 내지 못하는 고통

「아름다운 비명」 박선희

바닷가에 앉아서
파도소리에만 귀 기울여 본 사람은 안다
한 번도 같은 소리 아니라는 거
그저 몸 뒤척이는 소리 아니라는 거
바다의 절체절명,
그 처절한 비명이 파도소리라는 거

깊은 물은 소리 내지 않는다고
야멸치게 말하는 사람아
생의 바깥으로 어이없이 떠밀려 나가 본 적 있는가
생의 막다른 벽에 사정없이 곤두박질쳐 본 적 있는가

소리 지르지 못하는 깊은 물이
어쩌면 더 처절한 비명인지도 몰라
깊은 어둠 속 온갖 불화의 잡풀에 마음 묶이고 발목 잡혀서
파도칠 수 없었다고 큰소리 내지 못했다고
차라리 변명하라

바다가 아름다운 것은
저 파도소리 때문인 것을
너를 사랑하는 이유도 그러하다

소리조차 제대로 낼 수 없는 고통과 슬픔이
얼마나 절절하게요.
그런 순간 옳은 말을 하는 이들은 대개 야멸차 보여요.
아무 도움도 안 돼요.
몰라서 안 하는 게 아니라
알면서도 못하는 거예요.
소리 지르지 못하는 깊은 물이
더 처절한 비명이란 것만 알아도
절반의 고통은 해결된다지요.

58
아무 파문 없이 받아들여줄 때

「**저수지**」 권정우

자기 안에 발 담그는 것들을
물에 젖게 하는 법이 없다

모난 돌멩이라고
모난 파문으로 대답하지 않는다
검은 돌멩이라고
검은 파문으로 대답하지 않는다

산이고 구름이고
물가에 늘어선 나무며 나는 새까지
겹쳐서 들어가도
어느 것 하나 상처입지 않는다

바람은
쉴 새 없이 넘어가는
수면 위의 줄글을 다 읽기는 하는 건지

하늘이 들어와도 넘치지 않는다
바닥이 깊고도
높다

저수지가 그런 정도의 스케일인지 몰랐어.
젖지 않게 하고
겹쳐 들어가도 상처주지 않고
하늘이 들어와도 넘치지 않는다면
무엇이든 다 가능하다는 거잖아.
모난 것도 검은 것도
아무 파문 없이 받아들여 준다는 거잖아.
내가 아는 누군가에 대해 어떤 얘기를 해도
그대로 괜찮다는 거잖아.
그럼 난, 그런 저수지나 될까 봐.

소리조차 제대로 낼 수 없는 고통과 슬픔이
얼마나 절절하게요.
소리 지르지 못하는 깊은 물이
더 처절한 비명이란 것만 알아도
절반의 고통은 해결된다지요.

WHITE DEER – 잔잔한 호수 되어, 캔버스에 아크릴채색, 91X73, 2012

12
나만 그런 게 아니구나

걸핏하면 '내가 해봐서 아는데'를 남발하던 전직 대통령이 있었다. 눈물 흘리는 이에게 그런 말들은 상처를 깊게 하는 칼의 말이다. 그런데 그런 밉상들이 세상에 널렸다.

연인과 헤어져 세상을 하직하고 싶을 만큼 괴로운 이에게 '나도 헤어져 봐서 안다. 금방 잊을 거니 유난 떨지 말라' 따위의 말들은 표창이다.

군대에서 자살한 청년의 소식을 들으며 "우리 군대 있을 땐 더 심했어. 지금 군대야 보이스카웃 캠핑 정도인데 그걸 못 견디고 죽는 게 말이 되나. 그럼 죽지 않고 제대하는 애들은 다 문제인 거야" 따위의 말 같지 않은 말들은 그 자체로 수류탄이다.

신음하는 이에게 "너보다 더 안 좋은 조건에 있는 사람들 많아" 따위의 말들은 무지할 뿐더러 폭력적이다. 당사자의 고통에 주목하지 않고 뭉개기 위해 다른 사람의 고통을 영혼 없이 끌어오는 말이어서 그렇다. 당연히 아무 도움이 안 된다.

하지만 늪 같은 고통에 빠져 있을 때 내 고통만큼 혹은 그보다 더한 고통을 겪고 있는 사람을 만나면 안도하게 된다. '저런 사람들도 사는데 그나마 내가 낫구나'라는 관망하는 듯한 우월감 때문이 아니다. 깜깜한 밤길을 혼자 걸을 때 강아지라도 한 마리 있으면 덜 무섭다는 동반 효과 차원의 문제도 아니다. '나만 그런 게 아니구나'라는 내 고통의 '보편성'을 깨달아서 그렇다. 무슨 뜻인가.

내 삶만 수렁에 빠졌구나 싶을 때

살면서 만나는 심리적 곤경들은 극단적으로 그게 무엇이든 다 괜찮다. 아무것도 아니라는 말이 아니다. 어떤 일도 '있을 수 있는 일'이라는 점에서 괜찮다는 말이다. 있을 수 없는 일이 일어나는 법은 세상에 없다. 더없이 단란했던 형제 간에 재산 분쟁이 일어나기도 하고 젊은 나이에 노인들에게나 오는 뇌졸중으로 마비가 오기도 한다. 전혀 예상치 못했지만 실제로 일어난 일이다.

하지만 내가 어떤 일을 겪고 벼랑 끝에 선 것 같은 고통에 시달릴 때는 이게 나 혼자만 겪는 특별한 상황일 것이라는 느낌이 고통을 극단까지 몰아간다. 있을 수 없는 어떤 요소가 내 삶에만 벼락처럼 갑자기 끼어든 느낌 때문에 고통스럽다.

내 삶만 수렁에 빠졌구나, 나만 정상성에서 이탈했구나, 완전히 다른 삶으로 떨어졌구나, 이젠 예전의 내 삶으로 돌아갈 수 없겠구나, 두려워진다. 내 고통에 대한 이물감(異物感)이 극대화되는 순간이다. 얼마든지 있을 수 있는 일들을 이물 취급하며 불화하는 동안 마음은 지옥으로 떨어진다. 삶이 조각조각 부서진다.

활발했던 내가 전에 없이 계속 맥이 빠지거나, 없었던 증오나 혐오의 감정들이 생긴다. 이유 없이 자꾸 눈물이 나면서 '내가 왜 이러지?' 머리를 흔든다. 평소의 나답지 않은 감정들 때문에 자기 내면의 여러 현상과 감정에 대해 이물감을 느끼는 것이다.

얼마든지 있을 수 있는 감정과 현상들을 부정하면서 '나'의 정체성을 의심하니 지축이 흔들리고 혼돈이 찾아온다. 그래서 지옥이 된다.

그런 때는 '나만 그런 게 아니구나, 누구나 그럴 수 있는 거구나. 나만 유별난 게 아니었구나. 이런 감정을 가져도, 이런 생각을 해도 괜찮은 거구나. 내가 비정상이 아니구나' 그걸 아는 게 무엇보다 중요하다. 그러면 자기 상태에 대한 이물감과 혼돈이 현저하게 준다.

인간은 성인이 되어서도 엄마의 반응을 보고 세상을 배우는 아기 때처럼 내 언행을 관계 속에서 확인받으려 한다. '나만 그런 게 아니구나'를 확인할 수 있어야 안정이 된다.

'나만 그런 게 아니었구나'라는 깨달음, 내 고통의 보편성에 대한 자각은 자신의 문제를 객관적으로 바라보는 시각을 갖게 한다는 면에서 강력한 치유적 효과를 발휘한다. 그때부터 자기 고통을 치유하는 일에서 자기통제력을 갖기 시작한다.

망원경으로 내 고통을 멀리서 바라보기

잎새뜨기법은 수영을 못해도 구조될 때까지 바다에서 버틸 수 있게 해주는 생존수영법이다. 누워서 가만히 있으면 떠 있을 수 있는데 허둥대다 죽는다는 사실에 착안한 수영법이다. 허둥대는 것만 제거해 주면 수영 못하는 사람도 물 위에 10시간 이상 떠 있을 수 있다. 간단한 강습만으로 원리를 알고 나면 초등학생도 가능한 생존법이다. 나만 그런 게 아니라는 걸 아는 일도 그와 비슷한 메커니즘을 가졌다. 알면 된다.

나만 그런 게 아니구나를 확인한다는 말은, 자기 고통을 현미경으로 쳐다보며 몰입을 거듭해 왔던 시각에서 이제부턴 망원경으로 고통받는 나 자신을 멀리서도 동시에 바라본다는 뜻이기도 하다. 내 고통의 두 가지 측면을 함께 볼 수 있으면 내 고통의 실체에 대해 더 입체적으로 더 정확하게 알게 된다. 그럴 때 내 고통을 해결하는 주도권이나 해결의 전망을 더 또렷하게 가질 수 있는 것이 당연하다.

59

그까이 꺼, 마음속 지옥

「내 가슴에서 지옥을 꺼내고 보니」 이윤설

내 가슴에서 지옥을 꺼내고 보니
네모난 작은 새장이어서
나는 앞발로 툭툭 쳐보며 굴려보며
베란다 철창에 쪼그려앉아 햇빛을 쪼이는데

지옥은 참 작기도 하구나

(……)

막상 꺼내 놓고 보면 별거 아녜요.
그까이 꺼, 마음속 지옥.
그런데 그 안에 있을 땐
거기가 작은 새장이 아니라 망망대해인 게 문제죠.
당장은 그걸 알 수 있는 방법도 없고.
사람들과의 교류를 넓힌다고
그걸 알게 된다는 보장도 없잖아요.
그냥 견뎌야 하는데 언제까지 견디면 되는지
그것조차도 알 수 없으니 답답하죠.
게다가 나만 지옥에 갇혀서 이상해진 것 같은 느낌이
신앙처럼 강고하니 얼마나 힘들겠어요.
지금 내가 갇혀 있는 지옥이 특별한 게 아니라
전국 편의점 숫자만큼 흔하다는 걸,
누구에게나 있을 수 있다는 걸
알게 되면 훨씬 수월해질 건데
그게 쉽지 않아요. 사는 일, 참.

60
나 혼자 자격도 안 되는 사람일까 봐

「파꽃」 이채민

누구의 가슴에 뜨겁게 안겨본 적 있던가
누구의 머리에 공손히 꽂혀본 적 있던가
한 아름 꽃다발이 되어
뼈가 시리도록 그리운 창가에 닿아본 적 있던가
그림자 길어지는 유월의 풀숲에서
초록의 향기로 날아본 적 없지만
허리가 꺾이는 초조와 불안을 알지 못하는
평화로운 그들만의 세상
젊어야만 피는 것이 아니라고
예뻐야만 꽃이 아니라고
하늘 향해
옹골지게 주먹질하고 있는 저 꽃

알고 보니, 무려 파꽃이 그렇다는 거잖아요.
안 좋아할 도리가 있나요.
자격도 안 된다고 생각하면서 하늘에 대고 주먹질하는 게
나 혼자인 줄 알고 괜히 주눅 들었지 뭐예요.
꽃으로 잘 쳐주지도 않는다고 생각한 파꽃도
저렇게 옹골지게 주먹질하고 있다는 걸 알고 나니
마음이 팍 놓여요. 내가 그리 못할 게 뭐예요.
더구나 잠깐만 심호흡하고 보면
주위에서 나처럼 하늘을 향해
옹골차게 주먹질하는 파꽃 같은 사람들이 천지삐까리예요.
그걸 알기만 해도 얼마나 안심이 되게요.
그 순간 지옥의 9할은 날아간다니까요.

61

모두 다 백조일 뿐

「보자기의 비유」 김선우

처음엔 보자기 한장이 온전히 내 것으로 왔겠지
자고 먹고 놀고 꿈꾸었지 그러면 되었지
학교에 들어가면서 보자기는 조각나기 시작했지
8등분 16등분 24등분 정신없이 갈라지기 시작했지
어느덧 중년—
갈가리 조각난 보자기를 기우며 사네
바늘 끝에 자주 찔리며
지금이 없는 과거의 시간을 기우네
미래를 덮지 못하는 처량한 조각보를 기우네

한번 기우기 시작하면 걷잡을 수 없어지네
그러니 청년이여 우리여
가장 안쪽 심장에 지닌 보자기 하나는
손수건만하더라도 통째로 가질 것
단풍잎만하더라도 온전히 통째일 것

온전한 단풍잎 한장은 광야를 덮을 수 있네

겉으론 멀쩡해 보이는 사람도 바늘에 찔리며
갈가리 조각난 보자기를 기우며 산다는 거잖아.
'나 혼자만 이렇게 지지리 궁상으로 사는 거겠지' 자책하면서.
마음 지옥의 관점에서 보면
모든 사람은 우아하게 물 위에 떠 있지만
물속에선 쉬지 않고 발질해야 하는
백조와 다르지 않은 듯싶어.
길게 배우고 많이 가졌다고 다르지 않던데.
예외가 없다 할 만큼.
그러니 나만 혼자 힘들게
혹은 위선적으로 물속 발길질하면서
아무렇지 않은 척하는 거 아닌가, 하는 생각은
쓸데없는 동시에 무지의 소치야. 누구나 그래.
거기까지 알고 나서 '온전한 단풍잎 한장은 광야를 덮을
수 있네'라는 마지막 대목을 읽으면
더없이 후련한 거라.

62

받아들일 수만 있어도

「어느 신부님의 강론」 권석창

먹이 사슬 꼭대기에 공룡이 살았습니다

먹을 줄만 알고 먹힐 줄을 몰랐습니다

암 세포도 공룡과 같습니다

다른 세포를 잡아먹으면서

다른 세포에 먹히지 않습니다

그래서 공룡이 죽었습니다

암 세포도 다른 세포가 다 죽으면 죽게 됩니다

산다는 것은 주고받는 것입니다

주기만 하면 신적인 존재고 받기만 하면 암적 존재입니다

주기만 하면 영원히 살고 받기만 하면 죽게 됩니다

의지할 곳 없는 사람들 거두어 함께 사시는 신부님께서

이렇게 강론하시는 걸 들으며,

흰 눈 내려 겨울나무의 시린 발목 덮어주고

가지 위의 새도 아멘! 하였습니다.

내가 신적인 존재도 되고 암적인 존재도 된다는 걸
자각할 수만 있어도.
다른 사람도 그런 존재겠구나 알기만 해도.
그런 게 다 정상이구나 받아들일 수만 있어도.
뻔한 신부님 말씀을 전하는 거라 예단하고 시큰둥했다가
얼른 자리를 고쳐 앉으며,
신자는 아니지만 나도 함께 아멘!

63

나만 이상한 경우는 절대 없어요

「**관계**」 최돈선

두엄 놓고 호박씨 놓았더니

호박꽃이 피었어요

하늘 널어놓고 종이비행기 날렸더니

바람이 왔어요

호박씨 놓으면 호박꽃 피고

종이비행기 날리면 바람 온다는데

더 무슨 말이 필요하겠어요.

내가 관계를 맺고 있는 사람들도 다 똑같아요.

그런 게 세상이치예요.

그러니 나만 혼자 이상한 경우는 절대 없어요.

안심해요.

이 시 한 번만 소리내 읽으면

마음이 딱 가라앉을 거예요.

한번 해보세요.

요이땅.

WHITE DEER - 또 다른 모습과 마주하다.(2), 캔버스에 아크릴채색, 46X54, 2013

'나만 그런 게 아니구나,
누구나 그럴 수 있는 거구나.
나만 유별난 게 아니었구나.
내가 비정상이 아니구나'

그걸 아는 게 무엇보다 중요하다.
나만 혼자 이상한 경우는 절대 없어요.
안심해요.

13

그럴 줄 몰랐다면, 차라리 멈칫하라

어느 주부가 느닷없이 곤경에 처하게 된 여고동창을 돕기 위한 바자회를 주도해서 열었는데 사소한 장부상의 실수로 성금을 횡령한 파렴치한으로 몰렸다. 잘 알지도 못하는 사람들의 오해만으로도 못 견딜 지경인데, 사람을 더 미치게 한 건 가까운 이들의 '그럴 줄 몰랐다'는 반응이었다.

구설수에 오른 즉시 마치 자기들이 더 분하다는 듯 쏟아내는 실망과 분노의 말들. 어떻게 사람이 그럴 수 있지. 걔 그렇게 안 봤는데. 감쪽같이 몰랐어. 불쾌해. 충격이야. 실망스러워. 침 튀기는 말들이 난무하지만 정작 구설에 휘말린 당사자에겐 진위 여부조차 묻지 않고 목에 핏대부터 세운다. 내가 이미 알고 있던 것과 모순되는 정보가 들어오면 일단 당사자에게 물어봐야 하는데 그렇게 하지 않는다.

내가 말도 안 되는 구설에 휘말려 공격당하는데 나를 잘 아는 이가 '그럴 줄 몰랐다'며 혀를 찬다는 말을 들으면 분노의 총부리가 제일 먼저 그리로 향한다는 게 경험자들의 전언이다.

어려워져 자기가 살던 집을 팔고 그 집에 월세로 계속 살고 있는 주부가 있었다. 그랬더니 그 사실을 알리지 않고 계속 자기 집인 것처럼 사람들을 기망했다는 이유로 학부모 모임에서 믿지 못할 사람으로 낙인찍혀 아이까지 왕따당하고 있단다. 얼마 뒤 그 비난을 주도했던 이는 또다른 이유로 비슷한 꼴을 당한다. 이제는 이런 되풀이들이 일상에서 넘쳐난다.

양방향 지옥문을 열지 않으려면

누군가의 입에서 '그럴 줄 몰랐다'는 말이 튀어나오는 순간 일타쌍피의 지옥문이 열리는구나 예감한다. 양방향 지옥문에 대한 그 예감은 틀린 적이 없다. 연예인이나 정치인처럼 나와 비대칭적 관계에 있는 사람에 대해서가 아니라 가까운 이와의 관계에서 '그럴 줄 몰랐다'는 말이 나오면 여지없다.

유도미사일처럼 끝까지 추적하여 목표물을 저격한다는 백발백중의 총이 나왔을 때였다. '이 총알은 절대 빗나가지 않아요'라는 의기양양한 설명을 듣다가 아득한 느낌이 들었다. 나를 그 총을 쏘는 사람으로만 생각하지 목표물이 될 수도 있다고는 꿈에도 생각 안 한다. 그러니 내가 누군가를 향해서 관행적으로 '그럴 줄 몰랐다'고 내뱉으면 그 순간 둘 다 지옥문을 연 거나 마찬가지다. 일타쌍피 지옥문이다.

가까운 이가 구설로 곤경에 처하면 먼저 당사자에게 물어라. 어떻게 할지는 그 다음에 판단하면 된다. 내가 코너에 몰릴 때 가깝다고 생각한 이가 내 편을 들지 않고 중립을 지키면 당사자는 그걸 중립이라 생각하지 않고 자신을 공격하는 적군으로 간주한다. 너무 힘들어 여유가 없어서 그렇다. 내가 그 상황에 처해도 똑같은 심리상태가 된다.

잘 모르면 멈칫해야 한다. 정확하게 모르면 침묵해야 한다. 그럴 줄 몰랐다고 혀부터 차는 일은 게으르고 잔인하다. '그럴 줄 몰랐다' 말하기 전에 물어라. 단지 묻는 것만으로 양방향 지옥문이 사라진다는데 그러지 못할 이유가 뭔가. 다이소 매장의 물건처럼 사소하지만 긴요한 지옥 방지 팁이다.

64
생각조차 못 해본 일들

「봄날」 이문재

대학 본관 앞
부아앙 좌회전하던 철가방이
급브레이크를 밟는다.
저런 오토바이가 넘어질 뻔했다.
청년은 휴대전화를 꺼내더니
막 벙글기 시작한 목련꽃을 찍는다.

아예 오토바이에서 내린다.
아래에서 찰칵 옆에서 찰칵
두어 걸음 뒤로 물러나 찰칵찰칵
백목련 사진을 급히 배달할 데가 있을 것이다.
부아앙 철가방이 정문 쪽으로 튀어나간다.

계란탕처럼 순한
봄날 이른 저녁이다.

철가방의 휴대전화는
배달지 주소를 확인하는 데만 쓰일 거라 생각했나 봐요.
철가방 오토바이가 질주하는 건
배달이 늦거나 심야 폭주족이 될 때만
그럴 거라 짐작하고 있었나 봐요.
누군가에게 백목련 사진을 배달하기 위한 것이라곤
생각해 본 적이 없어요.
살면서 이마 위에 배꼽이 달렸으면 어땠을까처럼
내가 생각조차 못 해본 거 얼마나 많을까 몰라요.
그런 생각조차 못 해봤다는 사실을 자각할 수만 있어도,
나를 둘러싼 대개의 세상은 계란탕처럼 순해질 건데요.
계란탕 같은 세상, 얼마나 설레요.

65 마음을 모르는 게 무식한 것

「종과 주인」 김남주

낫 놓고 ㄱ자도 모른다고

주인이 종을 깔보자

종이 주인의 목을 베어버리더라

바로 그 낫으로

원래 낫의 용도가 그런 거야.

섬뜩해? 사람을 깔보는 게 섬뜩한 거지.

낫을 들게 할 만큼 사람을 깔보고 상처 준 게 잘못이지.

기역 자 모르는 게 부끄러운 게 아니고

사람 마음을 모르는 게 무식한 거지.

바로 그 낫으로.

심한 말인 거 알지만

사람에게 함부로 하면서도

그게 아무렇지도 않은 공동체에

질리고 질려서 그런가 봐.

그러면 안 되는 거잖아.

66
날라리가 어때서

「아지랑이 소야곡」 유형진

어렸을 적에 엄마가 그랬어
땀 안 흘리고 멍한 표정으로 앉아서 시간 죽이는 것들,
전부 다 날라리 한량이라고

나는 커서 날라리 한량이 되어,
눈 오는 창밖을 바라보며
제비꽃을 기다리고 있어
제비도 아닌 제비꽃을
(……)

무조건, 엄마가 틀렸어요.

엄마라는 외피에 가려

정작 당사자인 엄마만 자기가 완전 틀린 줄 모르는 거죠.

하지만 지금은 그런 엄마에게 입 삐죽거릴 때가 아니라

그런 무지한 엄마가 되지 않기 위해

이를 악물어야 하는 나이일 거예요.

알 거라 믿어요.

67

묵언 수행하듯

「**손님**」 백무산

내가 사는 산에 기댄 집
눈 덮인 뒷마당에 주먹만한 발자국들
여기저기 어지럽게 찍혀 있다
발자국은 산에서 내려왔다, 간혹
한밤중 산을 찢는 노루의 비명을
삼킨 짐승일까

내가 잠든 방 창문 아래에서 오래 서성이었다
밤새 내 숨소리 듣고 있었는가
내 꿈을 다 읽고 있었는가
어쩐지 그가 보고 싶어 나는 가슴이 뜨거워진다
몸을 숨겨 찾아온 벗들의 피묻은 발자국인 양
국경을 넘어온 화약을 안은 사람들인 양
곧 교전이라도 벌어질 듯이
눈 덮인 산은 무섭도록 고요하다

거세된 야성에 피를 끓이러 왔는가
세상의 저 비루먹은 대열을 기웃거리다
더 이상 목숨의 경계에서 피 흘리지 않는
문드러진 발톱을 마저 으깨버리려고 왔는가

누가 날 데리러 저 머나먼 광야에서 왔는가

눈 덮인 산은 칼날처럼 고요하고
날이 선 두 눈에 시퍼런 불꽃을
뚝뚝 떨구며 그는 어디로 갔을까

누군가를 관성적으로
비난하고 평가한다는 생각이 들 때
꺼내 읽곤 합니다.
'묵언(默言)'의 푯말을 목에 걸고 수행 정진하는 수도자는
단지 침묵하기 위해서 그런 적극적인 노력을 하는 거죠.
사람에 대해 단지 멈칫하기 위해서도 마찬가지일 거예요.
피를 끓이듯 치열해야 하고
두 눈엔 시퍼런 불꽃을 피워야 하리.
복사해야 비로소 나타나는 워터마크처럼
행간 뒤에서 시인이 그렇게 말했다고 읽습니다.
손님도 참 살벌하게 오는,
시퍼런 도끼날 같은 시인, 백.무.산.

68
사람에 대한 관성적인 관심법은 재앙

「미인처럼 잠드는 봄날」 박준

믿을 수 있는 나무는 마루가 될 수 있다고 간호조무사 총정리 문제집을 베고 누운 미인이 말했다 마루는 걷고 싶은 결을 가졌고 나는 두세 시간 푹 끓은 백숙 자세로 엎드려 미인을 생각하느라 무릎이 아팠다

어제는 책을 읽다 끌어안고 같이 죽고 싶은 글귀를 발견했다
(……)

미인과 끌어안는 건 좋은데,
그런 글귀는 발견하면 빨리 버릴 수 있어야 잘 산대.
끌어안고 같이 죽고 싶은 글귀, 그거 독이야.
확실해. 타고 강 건넌 뗏목 버리듯 얼른 버려.
사람과의 관계에서도
지나치게 의존하거나 내 욕망에 따라 무턱대고 믿으면
그럴 줄 몰랐다만 연발하다가
결국엔 그 부메랑에 내가 맞는 거라.
부모의 말이라 거역하지 못하고,
인맥 좋은 선배의 청이라 훗날을 위해 거절하지 못하고,
학벌 좋고 돈 많은 집안사람의 말이라 무조건 믿고.
경험칙에 의하면 그런 끝은 늘 안 좋던걸.
본인이 가장 먼저 그 불편함을 인지하기 시작하니까.
사람들과 잘 지내는 건 좋은데
끌어안고 죽을 때까지 함께 갈 거예요, 는 언제나 위험해.
사람에 대한 관성적인 관심법은 재앙이야.

14

자기 안방에 스스로 지뢰를 묻고

'팔자가 기구하다'고 밖에는 말할 수 없는 고단한 삶이 있다. 집중표적이라도 된 것처럼 불행이 떼로 몰려오는 시기도 있다. 그러나 무늬는 기구한 팔자인 듯한데 실은 스스로 그걸 자초하는 경우도 있다.

30대 후반의 한 여성은 자신의 삶을 기구함과 집중폭격이 합체한 것쯤으로 인식한다. 무슨 팔자인지 남자를 만나면 사기꾼류만 걸리고 사회적 관계에서도 뒤통수 잘 치는 인간들과 주로 얽힌다는 것이다. 2할만 맞고 8할은 틀렸다. 사기꾼 같은 사내들만 계속 만나게 되는 건 팔자가 사나워서가 아니라 본인의 선택이다. 남자의 빼어난 재력이나 스펙에 쉽게 휘둘리는 그녀의 스타일을 보면 인과관계가 비교적 명확한 일인데 본인만 모른다.

쇼핑 후 계산을 하다 보면 늘 비슷한 옷들만 들고 서 있는 자신을 발견하게 된다. 의도적으로 다른 종류의 옷을 사야지 해도 결국 같아진다. 관계도 그와 비슷한 데가 있다.

멀쩡하게 밝은 데 서 있다가 스스로 어둠 속으로 걸어 들어가 '내 인생은 왜 맨날 이렇게 깜깜한지 몰라' 한숨짓는다. 본인은 자신이 그러고 있다는 사실을 자각조차 못한다. 자기 집 안방에 스스로 지뢰를 묻어놓고는 하루하루가 불안하다면서 사람들에게 빨리 와서 저걸 좀 치워달라고 호소하는 식이다.

반응이 미지근하면 기구한 팔자 타령을 하면서 세상에 대해 분노한다. '신이시여, 왜 제게만 이런 시련을 주시나요'가 단골 멘트가 되는 건 그런 이유에서다.

신이 주지 않았다. 본인이 자기 안방에 스스로 지뢰를 묻은 거다. 안 묻으면 된다. 괜히 밝은 데서 어둠 속으로 걸어 들어가 한탄할 거 없다. 사람과의 관계에서도 이 원칙은 그대로 적용된다. 더 확실하게 드러난다.

내 욕망에 취해 경계를 넘고 있는 건 아닌지

눈물 흘리는 사람에게 손 내밀거나 불의에 항거하는 일을 한다고 달라지는 거 아니다. '내가 맘이 약해서 힘든 사람을 보면 참지 못해 자꾸 손해를 보게 된다'는 이도 있다. 착한 오지라퍼들로 인해 주위 사람이 편해지고 세상이 밝아지는 건 사실이지만 자기 외로움이나 자기인정 욕구, 자기현시 욕망이 동력이 되는 오지랖은 오지랖이 아니다. 사람과 사람 사이의 건강하고 적절한 경계를 구분하지 못하고 타인의 경계를 침범하는 일이다. 넘어서는 안 되는 경계를 넘은 대가가 연이어 나타나는 건 당연하다. 매번 자기 안방에 지뢰를 묻는 것과 다르지 않다.

외부 요인에 의한 문제가 아니라 내부적 요인 때문에 생기는 일인데 그걸 감지 못하니 지옥은 회전문처럼 반복된다. 힘들 수밖에 없다. 개인의 문제를 사회적 문제나 상황적 문제로 인식하는 게 관성이 되면 '신이시여 왜 제게만' '전생에 무슨 죄를 지었다고'를 연발할 수밖에 없다.

내가 감당할 수 없는 일이라면 숙고해서 감당할 만큼만 개입해야 한다. 그러지 못하고 자꾸 개입하게 된다면 내부적인 다른 욕망 때문은 아닌지 살펴야 한다. 그러지 못하고 관습적으로 개입하면 그 순간 지옥의 문을 클릭하는 것이다. 내가 지옥에 있는데 누굴 돕고 누굴 편안하게 할 수 있나.

69
번다했던 삼시세끼

「적막한 식욕」 박목월

(……)

아버지와 아들이 겸상兼床을 하고

손과 주인이 겸상을 하고

산나물을

곁들여놓고

어수룩한 산기슭의 허술한 물방아처럼

슬금슬금 세상 얘기를 하며

먹는 음식.

그리고 마디가 굵은 사투리로

은은하게 서로 사랑하며 어여삐 여기며

(……)

그동안 내 삼시세끼는 너무 번다했나 봐요.
산나물로 겸상하고 슬금슬금 세상 얘기하면 충분한 것을.
매번 산속에서 특수부대원들이 전투식량 흡입하듯 했네요.
물리적으로 그렇게 식사할 수밖에 없는 사람들의
딱한 사정까지 싸잡아 한 보따리로 묶으면 안 되겠지만
나는 그랬던 거 같아요.
왜 맨날 나만 이렇게 바쁜지 모르겠다고
넋두리했던 게 얼마나 부끄러운지요.
식욕도 적막할 수 있다는 게
그렇게 위안이 되던걸요.

70

경계도 없이 넘나들면

「새의 부족」 손택수

새들의 노래로 지도를 만드는 부족이 있었다지
새들의 방언에 따라 국경선과 도계를 긋고 살았다는
사라진 부족의 이야기를 어디에서 들었더라
아마도 새들은 모든 뻣뻣한 경계선을 수시로 넘나들었을 거야
수백 킬로쯤 끌고 온 국경선을 강물에 풍덩 빠뜨리고
산정에서 끝난 도계를
노을 지는 지평선까지 끌고 가 잇기도 했을 테지
그런 선들이 악보가 아니라면 무엇일까
끝없이 출렁이는, 새로 그려지는
풍경들은 아마 음표를 닮아 있었겠지
악보를 읽는 일이 지도를 보는 일과 같았을 때
그들의 귓속으론 별자리가 흘러들었을 거야
어느 부족의 방울새는 도라지멍울이나 개암열매가 터지듯이 울고
어느 부족의 방울새는 나뭇잎에 빗방울 부딪는 소리를 내며 울다가
수면 위로 막 뛰어오른 물고기 비늘이
햇빛과 부딪칠 때의 순간처럼 반짝였겠지
노래의 장단과 고저를 따라 해발이 시작되고
강의 시원과 하구를 측량하던 그때

측량할 수 없음을 측량하던 그때

저 부신 부리 끝 좀 봐, 나침반처럼
사라진 지도의 한쪽을 콕 찍으며 날아가는

상상하는 것만으로 얼마나 좋은지 허밍이 절로 나오던걸.
그렇게 악보처럼 살 수 있으면 새 대가리 부족이어도 좋겠다.
그러다가, 문득.
새도 아닌 주제에 경계도 없이 넘나들다가
강물에 풍덩 빠지고 산정에 부딪쳐 추락하면서
'왜 나만 사는 게 이렇게 힘든지 모르겠다'고 푸념하는 사람들
생각났지. 그런 사람 너무나 많으니까.
새에 대한 로망으로 보면 근사하고 낭만적이지만
사람과의 관계에선 그게 치명적 독이라.
'새가 아니라 사람이라 그런 거예요. 경계 못 지켜 그런 거예요' 말해 주고 싶었지.
'왜 새는 경계가 없어도 되는데 난 안 돼?'라고 물으신다면
그저 웃을 수밖에. 질문이 틀렸어요.

71
자기가 할 수 있는 걸 하면 그뿐

「적멸보궁—설악산 봉정암」 이홍섭

젊은 장정도 오르기 힘든 깔딱고개를 넘어온 노파는
향 한 뭉치와 쌀 한 봉지를 꺼냈다
이제 살아서 다시 오지 못할 거라며
속곳 뒤집어 꼬깃꼬깃한 쌈짓돈도 모두 내놓았다
그리고는 보이지도 않는 부처님전에 절 세 번을 올리고
내처 깔딱고개를 내려갔다

시방 영감이 아프다고
저녁상을 차려야 한다고

영감님이 무슨 병이든,
노파가 가진 믿음의 깊이가 어느 정도든
그건 아무 상관없어요.
자기 몸이 할 수 있는 한 최선을 다한 후
아픈 영감 저녁상을 차려야 한다고 훌훌 내려가는
노파의 저 쿨한 경계라니.
이 정도면 무조건 해탈의 경지로 인정하는 게 맞아요.
이렇게 살면 자기 안방에 지뢰 묻을 일도 없죠.
무한 축복을 내려줘야 마땅해요.
나도 뒤따라 합장.

72

'나'가 없는 사람처럼

「말 달리자, 예수」 하린

씨팔, 나 더 이상 안 해
예수가 멀미나는 십자가에서 내려온다
못은 이미 녹슬었고
피는 응고되어 화석처럼 딱딱해진 지 오래다
이천 년 동안 발가락만 보고 있자니 너무나 지루했다
제일 먼저 기쁨미용실에 들러
가시면류관을 벗고 락가수처럼 머리 모양을 바꾼다
찬양백화점에 가서는 오후 내내 쇼핑을 한다
보헤미안 스타일로 옷을 갈아입자
아무도 그가 예수인지 모른다
복음나이트클럽에 기도로 취직한다
너무 차카게 굴어 월급도 못 받고 쫓겨난다

소망주점에 들러 포도주 대신
소주를 벌컥벌컥 들이켠다
잔뜩 취한 예수가 구원주유소에서
참사랑오토바이에 기름을 가득 채운다
오빠 달리는 거야 믿음소녀가 소리친다
그래, 골고다 언덕까지 달리자 달려!

죄 지은 자 모두 다 비켜, 빠라 바라 바라밤!

한 번도 그렇게 생각해 보지 못했는데,
얼마나 지루하셨을까 그런 생각이 들기는 하더군요.
이천 년 동안 못 박힌 손바닥 발바닥의 고통은
또 어땠겠어요.
거기다 대고 우리 아픈 타령만 한 듯싶어요.
'우리 아이 말 잘 듣게 해주세요' 따위의 소망도
거기다 대고 빌었으니 참 너무하긴 했어요.
내가 해결할 일인데.
내가 안방에 스스로 지뢰를 묻어놓고
그거를 신이 주신 시련이라고 통성기도 한 꼴이니
더 말해 뭐해요.
그동안 너무 의지하고 살았어요. '나'가 없는 사람처럼.
정신차려 보려고요.
이제 모두 다 비켜, 빠라 바라 바라밤!

WHITE DEER - PROTECTIVE COLORING_Mint green Wave, 캔버스에 아크릴채색, 97X146, 2014

멀쩡하게 밝은 데 서 있다가

스스로 어둠 속으로 걸어 들어가

'내 인생은 왜 맨날 이렇게 깜깜한지 몰라' 한숨짓는다.

신이 주지 않았다.

본인이 자기 안방에 스스로 지뢰를 묻은 거다.

안 묻으면 된다.

15

세상에서 나만 고립되었다고 느낄 때

영화 〈마션〉의 한 장면에서 특히 막막했다. 함께 있던 동료들이 주인공이 사망했다 생각하고 지구로 떠나버린 후 한 사내가 화성 언덕에 홀로 앉아 있는 장면. 아아, 이제 저 사내는 지구로부터 7천7백만 킬로미터 떨어진 곳에 홀로 있겠구나.

살다 보면 진공상태 같은 고립감을 살갗으로 느낄 때가 있다. 음소거 상태의 텔레비전을 볼 때처럼 현실감은 없는데 내겐 현실인 상황들. 칠성판 위에서 고문기술자에게 영육이 갈가리 찢겨 나가는 고통을 겪고 있는데 고문실 한구석에 있는 라디오에선 봄날의 꽃구경 어쩌고 하는 멘트가 흘러나왔다지. 세상에서 나만 버려진 존재인 거 같아 고문보다 그게 가장 고통스러웠다고 했다.

자식이 갑자기 죽었는데 세상은 아무 일도 없다는 듯 무슨 축제 준비로 떠들썩하다는 사실을 견딜 수 없어서 수녀원 구석으로 숨어든 엄마가 있었다. 고공에 올라 한 달 넘게 목숨 건 투쟁을 하는데도 아무 반응 없는 세상에 절망해서 아무도 깨어 있지 않을 새벽 시간에 그 높은 곳에서 세상을 버린 이도 있었다.

아이든 어른이든 왕따는 죽음으로 이어질 만큼 치명적이다. 암 환자보다 에이즈 환자의 자살률이 훨씬 높다. 실제적인 죽음의 가능성보다 관계의 단절이 곧 죽음이라는 징표다. 관계에서의 배제가 곧 죽음인 것이다. 나는 죽어가고 있는데 세상은 아무렇지도 않고 평온하기만 하다면 그걸 어떻게 받아들일 수 있겠나. 나만 세상과의 끈이 끊겼다는 자각은 사람을 죽음으로 내몬다. 그걸 견딜 수 있는 사람은 세상에 없다. 가슴에 총알을 맞으면 아무리 건강한 사람이라도 죽는 것과 같은 이치다.

뇌파촬영을 해보니 '내가 세상으로부터 배제되었다'는 느낌은, 육체적 고통 중 최고 등급이라는, 손가락 끝을 불에 태우는 고통과 맞먹는다. 그런 고통이 일상적으로 지속되면 그게 지옥이다.

연결의 회복, 생명의 모스부호

생존의 최소 단위는 한 사람과의 연결이다. 어떤 식으로든 세상과 연결됐다는 사실을 감지할 수 있으면 사람은 살 수 있다. 오랜 투쟁으로 탈진해 있던 이들이 누군가 보낸 쌀을 받고 몸과 마음을 추스렸다고 했다.

투쟁을 이어가기에 충분한 양의 쌀을 받아서가 아니다. 쌀과 함께 보내온 짧은 메모의 힘이었다. 거기에는 '당신들의 고통을 우리가 잘 알고 있다'는 마음이 그득 담겨 있었다고 했다. 고립된 사람을 살리는 건 쌀이 아니라 '내가 세상으로부터 배제되지 않았구나'라는 연결의 확인이다.

불의의 참사를 당한 가족이 있었다. 그들의 통장으로 성금이 답지했다. 어느 회사 동호회에서 돈을 모아 한꺼번에 전달하려다가 치유전문가의 도움말을 듣고 짧은 응원구호를 담아서 각자가 송금했다. 그때 통장에 적힌 수많은 이름과 문장은 '조난시 긴급구조신호(MAYDAY)'에 답하는 연결의 신호다. 생명의 모스부호들이다. 그 신호만 있으면 어떤 고립 상황에서도 사람은 살 수 있다.

73
내가 뭘 잘못했을까

「슬픔의 자전」 신철규

지구 속은 눈물로 가득 차 있다

타워팰리스 근처 빈민촌에 사는 아이들의 인터뷰
반에서 유일하게 생일잔치에 초대받지 못한 아이는
지구만큼 슬펐다고 한다
케이크 모양의 타워팰리스 근처를 둘러싸고 있는 낮은 무허가 건물들
초대받지 못한 자들의 식탁

(……)

'지구만큼 슬펐다'는 게
도대체 얼마만 한 슬픔인가요.
건너야 할 강이 길어
강 중간에서 노 젓는 팔에 힘이 다 빠졌을 때처럼
그 문장 하나를 끝까지 읽어내는 게 힘겨웠습니다.
왜 나만 부르지 않은 것일까.
내 어디가 미운 것일까.
내가 뭘 잘못했을까.
그런 생각을 하고 있을 아이의 마음에 들어가 보려는데
캡사이신 액과 물대포를 동시에 맞았을 때처럼
눈은 따갑고 가슴은 먹먹하더라고요.

74

홀로 우주를 떠도는 듯한 마음

「보이저 1호가 우주에서 돌아오길 기다리며—왜 유가 아니라 무인가?」 함성호

어머니 전 혼자예요
오늘도 혼자이고 어제도 혼자였어요
공중을 혼자 떠도는 비눗방울처럼
무섭고 고독해요
나는 곧 터져버려 우주 곳곳에 흩어지겠지요
아무도 제 소멸을 슬퍼하지 않아요

어머니 전 혼자예요
오늘도 혼자이고 어제도 혼자였어요
고요히 솟아오르는 말불버섯 홀씨처럼
어둡고 축축해요
나는 곧 지구 부피의 여덟 배로 자랄 거예요
아무도 이 거대한 가벼움을 우려하지 않아요

(……)

어머니 전 혼자예요
혼자 밥을 먹고 혼자 울지요
나는 어디에 있나요?
내가 지금 있는 곳이 어딘지

누구에게든 알려주고 싶어요
모든 것이 사라진 다음에도
아름다움은 있을까요?

거기에, 거기에 고여 있을까요?
존재가 없는 연기(緣起)처럼
검은 구멍처럼

어머니 전 혼자예요
쇠락하고 있지요

철저하게 고립되면 우주만큼 슬퍼질 수도 있겠어요.
1977년에 발사되어 지금도 태양계 어딘가를 탐사하고 있다는 무인탐사선 보이저 1호에 만일 사람이 타고 있었다면.
무인탐사선에 갇혀 40년 동안 홀로 우주를 떠돌고 있는 심정을 어떻게 상상해야 하는 건가요.
설마 지상에서도 그런 '홀로'가 있을라고요. 설마요.

75
사람들과 어울릴 자리 하나는 있다

「보름달 속으로 난 길」 김정희

오랜만에 친구 만나 거나해진 아버지
자전거 뒤꽁무니에 나를 앉히며 말했다
기왕에 가는 거
저놈에 달도 태우고 가자꾸나

아버지 등과
내 배 사이에
대소쿠리만 한 달이 끼어 앉았다
셋이서
창영동 고갯마루 길을
달려 올랐다

등과 배 사이에도

남산만 한 보름달을 끼워줄 수 있는데,

이 넓은 천지에

내가 사람들과 어울릴 자리 하나가 없다면

말짱 거짓부렁이 맞아요.

아직 구름에 가렸지만

그놈에 보름달 꼭 태우고 가고말고요.

76 나를 위해 바다 한가운데 떠 있는 사람

「**함박눈 태왁**」 강문신

신묘년 새 아침을 서귀포가 길을 낸다
적설량 첫 발자국 새연교 넘어갈 때
함박눈 바다 한가운데 태왁 하나 떠 있었네

이런 날 이 날씨에 어쩌자고 물에 드셨나
아들놈 등록금을 못 채우신 가슴인가
풀어도 풀리지 않는 물에도 풀리지 않는

새해맞이 며칠간은 좀 쉬려 했었는데
그 생각 그마저도 참으로 죄스러운
먼 세월 역류로 이는 저 물속의, 울 엄마

새해 첫날의 서귀포 앞바다를 전하는
시인의 눈을 따르다가
'어쩌자고……' 대목에서 눈이 매워 혼났어.
해녀가 자맥질을 할 때
가슴에 받쳐 몸을 뜨게 하는 뒤웅박이 '태왁'이라며.
내가 잘 몰라서 그렇지,
나를 위해 함박눈 바다 한가운데 떠 있는
태왁 같은 사람
어딘가엔 꼭 있더라고.
해산물을 넣어두는 그물망인 '망사리'는
'태왁'에 매달려 한 세트가 된다잖아.
그러니 사람도 홀로일 리가 없어.

77

세상에 홀로 떨어지는 건 없다

「낙과」 정와연

낙과를 파는 코너에 길게 줄서 있는 사람들
낙과를 사기 위해 줄이라니
마치 과일나무 밑을 두리번거리듯
수풀을 헤치듯 서 있는 사람들
옛말에 낙식은 공식이라 했는데
어떤 마음이 저리 길어 파치 앞에 기다리고 있나
모두 한번쯤 낙과였던 기억이 있다는 듯
체온이 묻은 낙과를 손으로 받아보았다는 듯
줄을 서 있는 태풍의 끝,
쓱쓱 닦을 준비가 되어 있다는 듯
한 사람이 한 봉지씩 들고 얼굴이 환하다
낙과는 색이 변한 부위가 가장 물렁하다
물렁한 부분은 빠른 속도로 변한다
모두 자신의 물렁한 부분을 알고 있다는 듯
한 번 더 물렁한 부분을 만져보겠다는 듯
즐거운 배급,
한 사람이 열 개라면 열 사람이면 백 개
위로받는 사람보다 위로하는 사람이 그 배수倍數다
붉어지다 만 낙과들이
그 어느 것보다 오늘은 상품上品이다

한낮의 위로의 줄이 길다
태풍의 긴 머리채가 휘감았던 나무 밑
굴러 떨어져 멍이 든 것들
아삭아삭 풋것 베어 무는 소리를 생각하면
그 맛,
위로의 맛일 것이라는 것도 짐작하겠다

맞아요. 누구나 한 번쯤 낙과였던 기억이 있고말고요.
모두 자신의 물렁한 부분을 누구보다 잘 알고말고요.
그러니 떨어진 과일을 사기 위해
그렇게 길게 줄을 서는 거지요.
내 상처를 극복함으로써
다른 이들을 치유하는 상처입은 치유자(Wounded Healer)가
가장 좋은 치유자인 것은 그 때문입니다.
상처가 많아야만 좋은 치유자가 되는 것은 아니지만
고통 속에 눈물 흘렸던 사람은 그런 눈물의 고통을 아니까요.
당장 내 눈에 안 보여서 그렇지,
세상에 홀로 떨어지는 건 어디에도 없어요.

내가 잘 몰라서 그렇지,
나를 위해 함박눈 바다 한가운데 떠 있는
태왁 같은 사람
어딘가엔 꼭 있더라고.

당장 내 눈에 안 보여서 그렇지,
세상에 홀로 떨어지는 건
어디에도 없어요.

WHITE DEER – PROTECTIVE COLORING_Orange circle, 캔버스에 아크릴채색, 130X97, 2014

16

개와 늑대의 시간

원래부터 '경계(사이)'에 있는 사람이었지만 세월이 갈수록 모든 명명백백이 한쪽만의 시각일지 모른다는 의심이 짙어진다. 어느 쪽 시각에서 보느냐에 따라 전혀 다른 얘기가 되는 경우가 많은데도 사람들은 줄기차게 '그래서 넌 어느 쪽 편이냐'고 묻는다.

반려견을 집에 혼자 두고 출근했더니 동네 사람이 종일 개짖는 소리 때문에 못 살겠다며 항의성 쪽지를 붙였단다. 그걸 본 개주인이 우리 개는 그렇게 함부로 짖는 개가 아니라며 쪽지 쓴 이웃을 원망하는 내용을 페이스북에 올렸다. 그러자 '자기가 예민해서 그런 걸 왜 애꿎은 남의 반려견을 헐뜯나'라는 페이스북 친구들의 성토가 이어진다.

비슷하게 정반대인 또다른 사례. 어떤 이가 페이스북에 옆집 개 짖는 소리 때문에 스트레스가 극에 달한다고 하소연하자 '나도 그런 경험 있다. 그런 몰상식한 인간은 개와 함께 살 자격이 없다. 사람과 함께 살 자격도 없다. 경찰에 고발해야 한다'고 페이스북 친구들이 들불처럼 합세한다.

진실 여부에 상관없이 내 페이스북 친구냐 아니냐로 정의가 결정되고, 또 그에 따라 자기 의견을 정한다. 처음 보는 사람들을 생일이 홀수인 사람과 짝수인 사람으로 헤쳐 모이라고 하면 그걸 기준으로 친소관계가 형성된다더니 딱 그렇다.

무엇이든 화끈하게 구분하고 입장도 그래야 한다는 흑백 강박사회의 부작용이다. 도냐 모냐를 정확히 하지 않으면 윽박지른다. 엄마와 아빠 중에 누가 더 좋으냐 묻는 이에게 다 좋다 답하면 그런 게 어디 있느냐고 짜증을 낸다. 조금이라도 더 좋은 사람이 있을 테니 양자택일하라는 거다. 어떤 사안에서 행간을 읽느라 주저하는 이들은 결정장애가 있는 사람으로까지 몰린다. 사적, 공적 영역 모두에서 그렇다. 한 인간의 복잡다단한 개별성이 존중될 리 없다.

애매모호함을 견디는 시간

사람도, 사거리 신호등처럼 그렇게 명확히 구분되길 원한다. 혈액형에 따른 심리유형으로 세상 사람을 네 종류로 나누면 에너지 소모가 줄긴 한다. 그 틀에 넣으면 되니까 누군가에 대해서 애매모호할 필요가 없다. 그러다가 자기가 해석한 프레임에 들어오지 않으면 '저 사람이 저럴 줄 몰랐다' 실망하거나 비난한다. 간단하고 확실한 구분법이다. 문제는 내가 남에게 적용했던 그런 잣대가 내게도 똑같이 적용된다는 것이다. 그래서 제대로 변명조차 못한 채 당황하고 분노하고 억울했던 경험, 살면서 얼마나 많았던가.

새벽이나 해 질 녘. 저 멀리 언덕 너머로 다가오는 실루엣이 내가 기르던 개인지 나를 해치러 오는 늑대인지 분간할 수 없는 시간을 일컬어 '개와 늑대의 시간'이라고 한다. 적과 동지를, 진실과 거짓을 구분하기 힘든 모호한 순간이다.

그런 시간을 잘 통과하는 방법은 개인지 늑대인지 분명해질 때까지 기다리는 것이다. 애매모호함을 견뎌야 한다. 늑대라 단정해 섣부르게 총질을 하거나 내가 키우던 개라 착각해 불쑥 다가가지 않는 것이다.

날이 밝으면 저절로 모든 게 명확해진다. 특별히 사람관계에서 개와 늑대의 시간을 통과한다고 느낄 땐 혹시 이게 지옥이 아닌가 생각할 수도 있다. 아니다. 애매모호함의 작은 스트레스만 잘 견디면 금방 괜찮아진다.

78 구분할 수 없는, 구분하기 싫은

「**나비를 읽는 법**」 박지웅

나비는 꽃이 쓴 글씨
꽃이 꽃에게 보내는 쪽지
나풀나풀 떨어지는 듯 떠오르는
아슬한 탈선의 필적
저 활자는 단 한 줄인데
나는 번번이 놓쳐버려
처음부터 읽고 다시 읽고
나비를 정독하다, 문득
문법 밖에서 율동하는 필체
나비는 아름다운 비문임을 깨닫는다
울퉁불퉁하게 때로는 결 없이
다듬다가 공중에서 지워지는 글씨
나비를 천천히 펴서 읽고 접을 때
수줍게 돋는 푸른 동사들
나비는 꽃이 읽는 글씨
육필의 경치를 기웃거릴 때
바람이 훔쳐가는 글씨

처음엔 단순히 기분이 좋은 느낌이다가
나중엔 몽롱하던걸요.
나비와 꽃이 한 몸처럼 느껴지다가
나중엔 바람까지 삼위일체 한통속으로요.
구분할 수 없어서, 구분하기 싫어서
아름다운 세계도 있는 거잖아요.
전쟁을 반대하는 평화어머니들처럼 '남북군인 모두 어머니의 자식'이라 생각하면 뭐가 문제인가요.
피아 구분 좀 안 하면 어떤가요.
미리 규정짓지 않고 고요히 기다리다 보면
전에는 미처 몰랐던 새로운 세계가
막 열리고 그런다나 봐요.

79 대답할 수 없는 질문도 있다

「묵묵부답」 정끝별

죽을 때 죽는다는 걸 알 수 있어?
죽으면 어디로 가는 거야?
죽을 때 모습 그대로 죽는 거야?
죽어서도 엄마는 내 엄마야?
계절을 가늠하는 나무의 말로
여섯 살 딸애가 묻다가 울었다

입맞춤이 싫증나도 사랑은 사랑일까
반성하지 않는 죄도 죄일까
깨지 않아도 아침은 아침일까
나는 나로부터 도망칠 수 있을까
흐름을 가늠하는 물의 말로
마흔넷의 나는 시에게 묻곤 했다

(……)

묵묵부답이 답일 수밖에 없는 질문이
세상엔 얼마나 많은지 몰라.
하지만 "죽어서도 엄마는 내 엄마야?" 같은 질문엔
자신있게 답해 줄 수 있어.
그렇단다 아가야. 그건 확실해.

80
혼돈과 눈물도 지나간다

「한 세월」 박우현

세월이 어떻게 가던가
울면서 가던가
웃으면서 가던가
손 흔들며 가던가
꽃상여처럼 가던가

세월은 어떻게 가던가
4월 바람에 지던 벚꽃처럼 가던가
여름 소나기처럼 가던가
가을 햇살에 흔들리던 억새처럼 가던가
겨울 살을 에는 눈바람으로 가던가

세월은 또 어떻게 가던가
사막 모래바람 같은 한숨 소리로 가던가
첫키스처럼 가던가
되돌아 갈 수 없는 추억처럼 가던가

한 세월이……
갔다

2014년 4월 16일 이후,

'세월'이란 단어는 접할 때마다

화인을 남기는 고유명사 같습니다.

'세월이 어떻게 가던가' 묻는데 답을 못하겠더군요.

시인의 밝은 눈을 빌려 따라가 봤죠.

한 가지로 규정되지 않은 시간 속에서

세월이 가는 거였다는군요.

그랬어요.

이 끝날 것 같지 않은 혼돈과 눈물의 시간이

그렇게 가는 거였어요.

한 세월이 그렇게 가고 있어요.

한편으론 안도하고 한편으로 목이 메고.

81

내 삶의 속도로

「**속도**」 이원규

토끼와 거북이의 경주는
인간들의 동화책에서만 나온다
만약 그들이 바다에서 경주를 한다면?
미안하지만 이마저 인간의 생각일 뿐
그들은 서로 마주친 적도 없다

비닐하우스 출신의 딸기를 먹으며
생각한다 왜 백 미터 늦게 달리기는 없을까
만약 느티나무가 출전한다면
출발선에 슬슬 뿌리를 내리고 서 있다가
한 오백년 뒤 저의 푸른 그림자로
아예 골인 지점을 지워버릴 것이다

마침내 비닐하우스 속에
온 지구를 구겨 넣고 계시는,
스스로 속성재배 되는지도 모르시는
인간은 그리하여 살아도 백년을 넘지 못한다

읽을 때마다 속이 뻥 뚫리는 느낌.
동시에 미소를 짓게 되는 시.
쉰으로 접어드는 생일에
그녀가 내 생일 축하시로 선물했다.
시의 말미에 그녀는
'이런 속도를 가진 남자라서 참 좋아'라고 눌러 썼다.
과장이 많다는 걸 대번에 알았지만,
그게 내 삶의 속도일 거라는 그녀의 축하는
예상대로 큰 힘이 됐다.
출발선에서 애초에 출발 못 하면(안 하면) 또 어떤가.
그러다가 그곳에 선 채 골인 지점을 지워버리면
출발에 아등바등할 이유도 없어지는데.

82
고요히 기다리는 시간

「아는 것들」 하재연

(……)

하늘에서 균형을 잡기 위해

흰 배를 내보이는 어린 새의 깃털 한 개

그것이 떨어지는 순간을

누구도 기억하지 못한다는 것에 대해

알고 있다

(……)

누가 詩를 왜 읽느냐 묻는다면,
이런 거 알기 위해서라고 답해 주고 싶어요.
고요히 기다리는 시간을 견디지 못하면
그걸 알 방법이 없잖아요.
그것도 모르고 산다면,
사는 게 너무 재미없잖아요.
품격도 없고.

WHITE DEER – 달빛 향기에 젖어, 캔버스에 아크릴채색, 73X91, 2012

고요히 기다리는 시간을 견디지 못하면
그걸 알 방법이 없잖아요.
그것도 모르고 산다면,
사는 게 너무 재미없잖아요.
품격도 없고.

함께, 충분히 기다려줄 것

치유자 정혜신은 공저자라고 해도 될 만큼 안팎으로 많은 도움을 주었다. 내용적으로도 그랬지만 글을 쓰는 동안 내게 따뜻한 밥을 해주고, 수시로 등을 두드려주고, 함께 목욕을 가고, 향기 좋은 차를 끓여줬다. 그녀가 좋아하는 프로스트의 시 한 구절이 있다.

'비가 바람에게 말했습니다. 너는 밀어붙여 나는 퍼부을 테니.'

어떤 일을 함께할 때 그녀는 그에 따라 역할을 정하는데 이번에 내가 밀어붙였고 그녀가 퍼부었다. 다른 일에서는 또 역할이 바뀔 것이다. 그녀와 나는 서로를 스승으로 여긴다. 상징적인 의미로서가 아니라 실제로 그렇다.

그녀는 나를 글쓰기 스승으로, 논리적인 옳고 그름의 기준으로 삼는다. 나는 그녀를 치유의 스승으로, 공감의 모델로 삼는다. 내 치유적 지식과 세계관에 그녀가 가진 치유적 경험과 내공을 내

식대로 흡수해서 풀었다. 그래서 공저자로 하지 않고 '영감자(靈感者)'로 칭했다.

같은 일을 하는 동지로서 평가하자면, 정혜신의 치유적 경험과 내공은 내가 아는 한 당대 최고다. 실제로 사람 목숨을 살린다. 거품이 없다. 오랫동안 현장에서 검증된 사실이다. 고문생존자들과 몇 년 동안 이어진 그룹 상담 과정의 막바지에서 그녀는 이렇게 말했다.

"치유란 동굴 속에 숨은 사람을 끄집어내는 게 아니라 그의 옆에서 어둠을 함께 감내하는 일이다. 그러다 보면 그가 동굴에서 스스로 걸어 나오게 된다."

세례 받듯 흡수해서 내가 심리기획자로 어떤 일을 할 때 원칙으로 삼고 있다.

젊은 승려가 치는 종소리가 맑지 않은 까닭은 미숙해서라기보다 앞선 종소리가 돌아올 때까지 다음 종소리를 충분히 기다려주지 않은 탓이란다. 다행히 기다릴 줄 아는 나이에 치유적 원리에 관한 내용을 시와 함께 정리하게 됐다. 마침 치유자 정혜신이 옆에 있었다. 그런 배경이 있으므로 이 책이 마음 지옥으로부터 탈출하는 가이드북 정도의 역할은 충분히 감당할 수 있을 것이다.

아들을 잃고 삶의 의욕을 놓아버린 엄마가 어느 날 구급차에 실려 가면서 "우리 엄마를 살려주세요"라는 다섯 살 된 딸의 간절한 기도를 들었단다. 그 순간 사랑하는 사람을 위해 오늘은 죽지 말고 살아보자는 생각이 들면서 떨쳐 일어났다고 했다. 마음 지옥에 있는 어떤 이에게 詩가 그런 존재이기를 간절히 바라고 있다. 그렇게 시를 만나 시 자체가 좋아지기를 기대하고 있다. 시가 가진 예술적 매력과 치유적 카리스마를 감안하면 욕심은 아닐 것이다.

발효식품에게 최소한의 시간을 허락하는 장인처럼 오래 기다려 준 편집자 박신애, 이혜진 씨에게 고맙단 인사를 전한다. 2년여를 일정에 쫓기면서도 늦되다 흉잡지 않고 늦게 피는 꽃이라 더 근사해요, 태도로 일관하다니. 놀랐다. 치유편집자들이다. 복 받으시라.

그런 이들에게 둘러싸여 쓴 글이고 다시 읽은 詩들이다. 내 복이다.

2017년 2월.

양평 산마을에서 복에 겨워.

이명수

수록 시 출처

1. 징징거려도 괜찮다

마종기 「꿈꾸는 당신」, 『우리는 서로 부르고 있는 것일까』, 문학과지성사, 2006

박시교 「나의 아나키스트여」, 『아나키스트에게』, 고요아침, 2011

정현종 「비스듬히」, 『견딜 수 없네』, 문학과지성사, 2013

최서림 「곡비哭婢 1」, 『물금』, 지혜, 2015

박남준 「겨울 풍경」, 『적막』, 창비, 2005

2. 기승전 '내 탓' 금지

이근배 「살다가 보면」, 『살다가 보면』, 시인생각, 2013

최명란 「꽃 지는 소리」, 『쓰러지는 법을 배운다』, 랜덤하우스코리아, 2008

이승희 「그리운 귀신」, 『거짓말처럼 맨드라미가』, 문학동네, 2012

오탁번 「하일서정夏日抒情」, 『시집보내다』, 문학수첩, 2014

윤제림 「목련꽃도 잘못이다」, 『새의 얼굴』, 문학동네, 2013

3. 무조건적인 내 편, 꼭 한 사람

박서영 「업어준다는 것」, 『좋은 구름』, 실천문학사, 2014

유홍준 「발톱 깎는 사람의 자세」, 『저녁의 슬하』, 창비, 2011

허수경 「폐병쟁이 내 사내」, 『슬픔만한 거름이 어디 있으랴』, 실천문학사, 2010

이시영 「화살」, 『조용한 푸른 하늘』, 책만드는집, 2015

이준관 「내가 채송화꽃처럼 조그마했을 때」, 『내가 채송화꽃처럼 조그마했을 때』, 푸른책들, 2006

4. 나는 원래 스스로 걸었던 사람이다

이원 「영웅」, 『세상에서 가장 가벼운 오토바이』, 문학과지성사, 2007

김용택 「눈오는 집의 하루」, 『그 여자네 집』, 창비, 1998

서상만 「파도타기」, 『그림자를 태우다』, 천년의시작, 2010

심보선 「'나'라는 말」, 『눈앞에 없는 사람』, 문학과지성사, 2011

전영관 「분갈이」, 『부르면 제일 먼저 돌아보는』, 실천문학사, 2016

나희덕 「산속에서」, 『그 말이 잎을 물들였다』, 창비, 1999

5. 자기 속도로 가는 모든 것은 옳다

고은 「그리움」, 『어느 바람』, 창비, 2002

김민정 「대서 데서」, 『아름답고 쓸모없기를』, 문학동네, 2016

진은영 「물속에서」, 『우리는 매일매일』, 문학과지성사, 2008

전재현 「은행알」, 『민들레를 밟지 않는 걸음으로』, 자작나무, 2016

김수영 「채소밭 가에서」, 『김수영 전집 1』, 민음사, 2003

6. 생각이 바뀌었다

강은진 「일기예보」, 《2011 신춘문예 당선시집》, 문학세계사, 2011

공광규 「수종사 뒤꼍에서」, 『담장을 허물다』, 창비, 2013

이덕규 「싹트기 전날 밤의 완두콩 심장소리」, 『놈이었습니다』, 문학동네, 2015

권혁소 「모든 길」, 『아내의 수사법』, 푸른사상, 2013

도종환 「열쇠」

천양희 「생각이 달라졌다」, 《창작과 비평 2011년 겨울호》, 창비, 2011

7. 자꾸 무릎 꿇게 될 때

송종찬 「회사」, 『2010 작가가 선정한 오늘의 시』, 작가, 2010

안도현 「스며드는 것」, 『간절하게 참 철없이』, 창비, 2008

서정홍 「우리말사랑4」, 『58년 개띠』, 보리, 2003
서종택 「풀」, 『납작바위』, 시와반시사, 2012
장이지 「One Fine Day」, 『연꽃의 입술』, 문학동네, 2011

8. 낭떠러지 같은 이별 앞에서

이규리 「꽃피는 날 전화를 하겠다고 했지요」, 『최선은 그런 것이에요』, 문학동네, 2014
김충규 「꽃멀미」, 『물 위에 찍힌 발자국』, 실천문학사, 2006
박태일 「해당화」, 『달래는 몽골 말로 바다』, 문학동네, 2013
김규동 「북에서 온 어머님 편지」, 『김규동 시전집』, 창비, 2011
장옥관 「귀」, 『그 겨울 나는 북벽에서 살았다』, 문학동네, 2013

9. 모두 내 마음 같길 바라면 뒤통수 맞는다

박용하 「성욕」, 『견자』, 열림원, 2007
김기택 「멸치」, 『바늘구멍 속의 폭풍』, 문학과지성사, 1994
상희구 「아, 출렁거리는 생머리의 저 아가씨」, 《시안》, 겨울호, 2010
문정희 「남편」, 『지금 장미를 따라』, 민음사, 2016
이진명 「동화(童話)」, 『별은 시를 찾아온다』, 김기택 · 정끝별 외, 민음사, 2009

10. 억울함이 존재를 상하게 할 때

정영효 「사라졌다」, 『계속 열리는 믿음』, 문학동네, 2015
김영란 「부활의 봄—불칸낭 앞에서」, 『꽃들의 수사』, 동학사, 2014
김선태 「어머니, 지독한」, 『그늘의 깊이』, 문학동네, 2014
고형렬 「화살」, 『김포 운호가든집에서』, 창비, 2001
손세실리아 「진경(珍景)」, 『꿈결에 시를 베다』, 실천문학사, 2014
노혜경 「칼산 불바다를 통과하는 중인 내 소중한 사람들에게」, 『말하라, 어두워지기 전에』, 실천문학사, 2015

11. 상상 속에서는 어떤 증오도 무죄

손태연 「저녁 식사 취소」, 『내 집은 두 개』, 화남출판사, 2013

김소연 「오, 바틀비」, 『수학자의 아침』, 문학과지성사, 2013

이성복 「시창작연습 1」, 『래여애반다라』, 문학과지성사, 2013

박선희 「아름다운 비명」, 《시인시각 2009 가을호》, 문학의전당, 2009

권정우 「저수지」, 『허공에 지은 집』, 애지, 2010

12. 나만 그런 게 아니구나

이윤설 「내 가슴에서 지옥을 꺼내고 보니」, 《문학동네 2009년 봄호》, 문학동네, 2009

이채민 「파꽃」, 『동백을 뒤적이다』, 한국문연, 2012

김선우 「보자기의 비유」, 『나의 무한한 혁명에게』, 창비, 2012

권석창 「어느 신부님의 강론」, 『내가 뽑은 나의 시』, 책만드는집, 2011

최돈선 「관계」, 『사람이 애인이다』, 한결, 2015

13. 그럴 줄 몰랐다면, 차라리 멈칫하라

이문재 「봄날」, 『지금 여기가 맨 앞』, 문학동네, 2014

김남주 「종과 주인」, 『김남주 시전집』, 창비, 2014

유형진 「아지랑이 소야곡」, 『우유는 슬픔 기쁨은 조각보』, 문예중앙, 2015

백무산 「손님」, 『그대 없이 저녁은 오고』, 지식을만드는지식, 2012

박준 「미인처럼 잠드는 봄날」, 『당신의 이름을 지어다가 며칠은 먹었다』, 문학동네, 2012

14. 자기 안방에 스스로 지뢰를 묻고

박목월 「적막한 식욕」, 『구름에 달가듯이 가는 나그네』, 시인생각, 2013

손택수 「새의 부족」, 『나무의 수사학』, 실천문학사, 2010

이홍섭 「적멸보궁—설악산 봉정암」, 『숨결』, 현대문학북스, 2002

하린 「말 달리자, 예수」, 『야구공을 던지는 몇 가지 방식』, 문학세계사, 2010

15. 세상에서 나만 고립되었다고 느낄 때

신철규 「슬픔의 자전」, 《2011 신춘문예 당선시집》, 문학세계사, 2011
함성호 「보이저 1호가 우주에서 돌아오길 기다리며—왜 유가 아니라 무인가?」, 『키르티무카』, 문학과지성사, 2011
김정희 「보름달 속으로 난 길」, 『벚꽃 핀 길을 너에게 주마』, 문학의전당, 2007
강문신 「함박눈 태왁」, 『시조로 읽는 풍경들』, 오종문, 이미지북, 2015
정와연 「낙과」, 《2013 신춘문예 당선시집》, 문학세계사, 2013

16. 개와 늑대의 시간

박지웅 「나비를 읽는 법」, 『구름과 집 사이를 걸었다』, 문학동네, 2012
정끝별 「묵묵부답」, 『은는이가』, 문학동네, 2014
박우현 「한 세월」, 『그러나 후회는 하지 않았다』, 홍익포럼, 2007
이원규 「속도」, 『돌아보면 그가 있다』, 창비, 1997
하재연 「아는 것들」, 《2013 현대문학상 수상시집》, 현대문학, 2012

내 마음이 지옥일 때

초판 1쇄 2017년 2월 27일
초판 16쇄 2024년 11월 30일

지은이 | 이명수
펴낸이 | 송영석

주간 | 이혜진
편집장 | 박신애 **기획편집** | 최예은 · 조아혜
디자인 | 박윤정 · 유보람
마케팅 | 김유종 · 한승민
관리 | 송우석 · 전지연 · 채경민

펴낸곳 | (株)해냄출판사
등록번호 | 제10-229호
등록일자 | 1988년 5월 11일(설립일자 | 1983년 6월 24일)

04042 서울시 마포구 잔다리로 30 해냄빌딩 5 · 6층
대표전화 | 326-1600 **팩스** | 326-1624
홈페이지 | www.hainaim.com

ISBN 978-89-6574-588-4